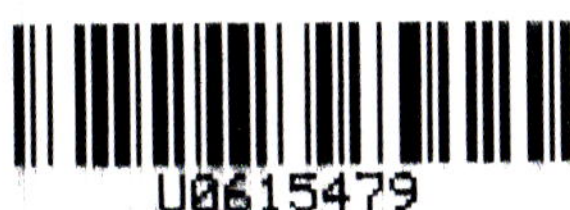
U0615479

杜工部集

〔唐〕杜甫 撰 清 光緒刊本

王慎中 王世貞 王世禛 宋犖 邵長蘅 五家評本

十五 十六

杜工部集

卷十五 十六

杜工部集卷十五目錄

近體詩一百四十三首

垂白

草閣

江月

江上

中夜

江漢

白露

孟氏

反照

向夕

曉望

雷

雨

朝二首

晚

夜二首

杜工部集卷十五目錄終

集卷十五目錄
六

杜工部集卷十五

近體詩一百四十三首 居夔州作

偶題

文章千古事，得失寸心知。作者皆殊列，名聲豈浪垂。騷人嗟不見，漢道盛於斯。前輩飛騰入，餘波綺麗爲。後賢兼舊列一云制一云利別本作例，歷代各清規。法自儒家有，心從弱歲疲。永懷江左逸，多病一作謝鄴中奇。騄驥皆良馬，騏驎帶好兒。車輪徒已斲，堂構惜一作肯仍虧。漫作滑夫論虛傳幼婦碑一作詞緣情慰漂蕩抱疾屢遷移經濟慚長策飛棲假一枝塵沙傍蜂蠆江峽繞蛟螭蕭瑟唐虞遠聯翩楚漢危聖朝兼盜賊異俗更喧卑鬱鬱星辰劍蒼蒼雲雨池兩都開幕府萬寓插軍麾南海殘銅柱東風避月支音書恨烏鵲號怒怪熊羆稼穡分詩興柴荊學士宜故山迷白閣秋水隱一作憶黃陂不敢要佳句愁來賦別離

秋興八首

兼天接地四字終不佳

秋興自是杜集有名大篇八章固有八章之結構一章亦各有一章之結構渾渾吟諷佳趣當自得之

玉露凋傷楓樹林巫山巫峽（壯麗特甚）氣蕭森江間波浪兼天湧塞上風雲接地陰叢菊兩（一作重）開他日淚（七字拙）孤舟一繫故園心寒衣處處催刀尺白帝（好）城高急暮砧

夔府孤城落日斜每依南（一作北）斗望京華聽猿實下三聲淚（不成語）奉使虛隨八月查畫省香爐違伏枕山樓粉堞隱悲笳請看石上藤蘿月已映洲前蘆荻花

千家山郭靜朝暉日日（一作百處）江樓坐翠微（超脫而實自在）信宿漁人還汎汎清秋燕子故飛飛匡衡抗疏功名薄劉向傳

經心事違同學少年多不賤五陵衣馬自輕肥

聞道長安似奕棋百年世事不勝（一作堪）悲王侯第宅皆新主文武衣冠異昔時直北關山金鼓振征西車馬（樊作騎）羽書遲（一作馳）魚龍寂寞秋江冷故國平居有所思

蓬萊宮闕對南山承露金莖霄漢間西望瑤池降王母東來紫氣滿函關雲移雉尾開宮扇日繞龍鱗識聖顏一臥滄江驚歲晚幾迴青鎖照（一作點）朝班

起語惟此老有之終非正法

瞿唐峽口曲江頭萬里風煙接素秋花萼夾城通御氣芙蓉小苑入邊愁朱簾繡柱圍黃鶴（通作鵠）錦纜牙檣起白鷗迴首可憐歌舞地秦中自古帝王州

昆明池水漢時功武帝旌旗在眼中織女機絲虛月夜（一作夜月）石鯨鱗甲動秋風波漂菰米沉雲黑露冷蓮房墜粉紅關塞極天唯鳥道江湖滿地一漁翁

昆吾御宿自逶迤紫閣峯陰入渼（晉作漾）陂（一云紫閣峯陰入漾陂昆吾御宿自逶迤）香稻（草堂本作紅豆一作紅稻一作紅飯）啄餘（一作殘）鸚鵡粒

碧梧棲老鳳凰枝佳人拾翠春相問仙侶同舟晚更
移綵筆昔遊（一作曾）干氣象白頭吟望苦低垂

詠懷古跡五首

支離東北風塵際漂泊西南天地間三峽樓臺淹日
月五溪衣服共雲山羯胡事主終無賴詞客哀時且
未還庾信平生最蕭瑟暮年詩賦動江關

無此等語

搖落深知宋玉（一作爲主）悲風流儒雅亦吾師悵望千秋
一灑淚蕭條異代不同時江山故宅空文藻雲雨荒

妙起

咏明妃得如此起大奇

臺豈夢思最是楚宮俱泯滅舟人指點到今疑

羣山萬壑赴荆門生長明妃尚有村一去紫臺連朔漠獨留青塚向黃昏畫圖省識春風面環珮空歸月夜魂千載一作歲琵琶作胡語分明怨一作愁恨曲中論

書法

蜀主窺吳幸三峽崩年亦在永安宮翠華想像空一作寒山裏玉殿虛無野寺中古廟杉松巢水鶴歲時伏臘走村翁武侯祠屋常鄰近一體君臣祭祀同殿今為寺廟在宮東

二句是諸葛身分不爽銖黍

秋興諸將同是少陵七律聖處沉實高華當讓秋興深渾蒼鬱定推諸將有謂諸將不如秋興者乃少年耳食之見咏懷古跡便須讓一頭地

諸葛大名垂宇宙宗臣遺像肅清高三分割據紆籌策萬古雲霄一羽毛伯仲之間見伊呂指揮若定失蕭曹不成語福一作運移漢祚難恢復一作終難復志決身殲軍務勞

諸將五首

漢朝陵墓對南山胡虜千秋尙入關昨日玉魚蒙葬地早時金盌出人間好詩慘境見愁汗馬西戎逼曾閃朱旗北斗殷多少材官守涇渭將軍且莫破愁顏

通首一氣揮撓
格力高絕

韓公本意築三城擬絕天驕拔漢旌豈謂盡煩回紇馬翻然遠救朔方兵胡來不覺潼關隘龍起猶聞晉水淸獨使至尊憂社稷諸君何以答升平

洛陽宮殿化爲烽休道秦關百二重滄海未全歸禹貢薊門何處盡堯封朝廷袞職雖多預（一作誰爭補）天下軍儲不自供稍喜臨邊王相國肯銷金甲事春農

迴首扶桑銅柱標冥冥氛祲未（一作不）全銷越裳翡翠無消息南海明珠久寂寥殊錫曾爲大司馬總戎皆

益懷武而思繼其後也

少陵百韻只此一篇有他鋪敘排比處不必警絕要是難到

鋪綴轉摺差不若莫

沉著頓挫指事陳情有根節骨格唐人皆出其下然詩不以此

插侍中貂炎風朔雪天王地只在忠臣陳作良翊聖朝

錦江春色逐人來巫峽清秋萬壑哀正憶往時嚴僕射共迎中使望鄉臺主恩前後三持節軍令分明數舉盃西蜀地形天下險安危須仗出羣材

秋日夔府詠懷奉寄鄭監審李賓客之芳一百韻

絕塞烏蠻北孤城白帝邊飄零仍百里消渴已三年雄劒鳴開匣羣書滿繫船草堂本云一作所向皆窮轍餘生日繫船亂離心不展一作轉衰謝日蕭然筋力妻孥問菁華歲月遷

[illegible]杜可爲難矣

登臨多物色，陶冶賴詩篇。峽束滄江起，巖排石（一作古）樹圓（石楠也）。拂雲霾楚氣，朝（川作潮）海蹴（一作覷）吳天。煮井爲鹽速，燒畬度地偏。（鋪）有時驚疊嶂，何處覓平川。鸂鶒雙雙舞，獼猴壘壘懸。（小小點綴）碧蘿長似帶，錦石小如錢。春草何曾歇，寒花亦可憐。（無要緊處見情景）獵人吹戍火，野店引山泉。喚起搔頭急，扶行幾屐穿。兩京猶薄產，四海絕隨肩。幕府初交辟，郎官幸備員。瓜時猶（一作仍）旅寓（一作拘），萍泛若夤緣。藥餌虛狠藉，秋風灑靜便。開襟驅（晉作袪）瘴癘，明目

掃雲煙高宴諸侯禮佳人上客前哀箏傷老大華屋

入事作詩自見余輅

豔神仙南内開元曲常時弟子傳法歌聲變轉滿座

涕淚潺湲都督柏中丞筵聞梨園弟子李仙奴歌弔影夔州僻迴腸杜曲

煎卽今龍廐水莫帶犬戎羶西京龍廐門苑馬門也渭水流苑馬門內耿

賈扶王室蕭曹拱御筵乘威滅蜂蠆戮力效川作教鷹

鸇舊物森猶在凶徒惡未悛國須行戰伐人憶止戈

鋋奴僕何知禮恩榮錯與權胡星一彗孛川作闇黔首

川作首惡遂拘攣哀痛絲綸切煩苛法令蠲業成陳始王

兆喜出于畋宮禁經綸密台階翊戴全能罷箴呂望

鴻鴈美周宣側聽中興主長吟不世賢音徽一柱數（牽強）

道里下牢千（鄭在江陵 李在夷陵）鄭李光時論文章並我先陰（此語又拙）

何尙淸省沈宋欻聯翩律比崑崙竹音知燥溼絃風

流俱善價愜當久忘筌置驛常如此登龍蓋有焉雖

云隔禮數不敢墜周旋高視收人表虛心味道元馬

來皆汗血鶴唳必靑田羽翼商山起蓬萊漢閣連管

寧紗帽淨江令錦袍鮮東郡時題壁南湖日扣舷遠

遊凌絕境佳句染華牋每欲孤飛去徒爲百慮牽生
涯已寥落國步乃一作尚迍邅衾枕成蕪沒池塘作棄
捐平生多病卜築遺懷別離憂怛怛伏臘涕漣漣露菊班豐鎬
秋蔬一作菰影澗瀍共誰論昔事幾處有新阡富貴空
迴首喧爭懶著鞭兵戈塵漠漠江漢月娟娟局促看
入得好
秋鷰蕭疎聽晚蟬雕蟲蒙記憶烹鯉問沉綿卜羨君
平杖偷存子敬氊囊虛把釵釧米盡坼花鈿甘子陰
涼葉茅齋八九椽陣圖沙北岸市暨瀼西巔市暨音既峽人

日市井處日市曁八陣圖市曁夔人語也江水橫通山谷處方人謂之瀼羈絆心常折棲

遲病即痊紫收岷嶺芋一作紫秧岷下芋白種陸池一作家蓮

色好梨勝頰穰多栗過拳勅廚唯一味求飽或三鱣

兒去看魚笱人來坐馬韉一云俗異鄰蛟室朋來坐馬韉縛柴門窄

通竹溜涓涓塹抵公畦稜京師農人指田遠近多云幾稜稜音去聲村

依野廟壖缺籬將棘拒倒石賴藤纏借問頻朝謁何

如穩醉一作書眠誰云行不逮一作達自覺坐能堅霧雨

銀章澀馨香粉署妍紫鸞無近遠黃雀任翩翾困學

答畢叉次贈

達從衆明公各勉旃聲華夾宸極早晚到星躔墾諫留匡鼎諸儒引服一作伏誤虔不逢一作過輸鯁直會是正陶甄宵旰憂虞軫黎元疾苦騈雲臺終日畫青簡爲誰編行路難何有招尋興已專由來具飛檝蹔擬控鳴弦身許雙峰寺門求七祖禪落帆追宿昔衣褐向眞詮安石名高晉鄭高簡得謝太傅之風昭王客赴燕李宗親有燕昭之美燕周之裔途中非阮籍查上似張騫披拂一作晤晉作豁雲亭在淹留景不延風期終破浪水怪莫飛涎他日辭神

驅爾作此長句

女傷春怯杜鵑淡交隨聚散澤國遶迴旋本自依迦葉何曾藉偓佺鑪峯生轉眄橘井尙高褰東走窮歸鶴南征盡跕鳶晚聞多妙教卒踐塞前愆顧凱丹靑列頭陁琬琰鐫眾香淡黯黯幾地肅芊芊勇猛爲心極淸羸任體孱金篦空刮眼鏡象未離銓一云平等未離銓

贈李八一作公秘書別三十韻

往時中補右扈蹕上元初反氣凌行在妖星下直廬六龍瞻漢闕一作殿萬騎略一作集姚一作嬀墟元朔迴一作

還

天步神都憶，帝車一戎纔。汗馬百姓免爲魚，通籍蟠螭印。差肩列鳳輿，事殊迎代邸。喜異賞朱虛，寇盜方歸順。乾坤欲晏如，不才同補袞。奉詔許牽裾，鴛鷺叨雲閣。麒麟滯玉除（一作石渠）。文園多病後，中散舊交疎。飄泊哀相見，平生意有餘。風煙巫峽遠，臺榭楚宮虛（一作除）。觸目非論故，新文尚起予。淸秋凋碧柳，別浦落紅蕖。消息多旗幟，經過歎里閭。戰連脣齒國，軍急羽毛書。幕府籌頻問（山劒元帥杜相公初屆幕府叅籌畫相公朝謁今赴後期也），山

抗士卒是極意下語欠解

家藥正鋤秘書比卧青城山中台星入朝謁使節有吹噓西蜀災長弭南翁憤始攄對敭抗一作坑士卒乾沒費倉儲勢藉兵須用功無禮忽諸御韉金騕褭宮硯玉蟾蜍拜舞銀鉤落恩波錦帕舒此行非不濟良友昔相於去旆一作棹依顏色沿流想疾徐沉綿疲井臼倚薄似樵漁乞去米煩佳客鈔詩聽小胥杜陵斜晚照潏水帶寒淤莫話淸溪髮蕭蕭白映梳

寄劉峽州伯華使君四十韻

中有壯語莫以參累

刻削沉挫有之而渾雄流麗殊乏

審言本沉宋一流故子美不恥言

峽內多雲雨秋來尚鬱蒸遠山天一作朝白帝深水謁一作出夔陵遲暮嗟爲客西南喜得朋哀猿更一作勞起坐落鴈失飛騰伏枕思瓊樹臨軒對玉繩形容其人青松寒不落碧海潤逾澄昔歲文爲理羣公價盡增家聲同令聞時論以儒稱太后當一作臨朝肅多才接迹昇翠虛捎魍魎丹極上鵾鵬宴引春壺滿一作酒恩分夏簟冰雕章五色筆紫殿九華燈學並盧王敏書偕褚薛能決不可老兄眞不墜小子獨無承近有風流作聊從月繼一作

峽一作竉徵放蹄知赤驥捩翅服蒼鷹卷軸來何晚襟懷

庶可憑會期吟諷數益破旅愁凝雕刻初誰料一作解

（數語甚好）

纖毫欲自矜神融躡飛動戰勝洗侵凌妙取筌蹄棄

（不通亦對不得）（數語甚好）

高宜百萬層白頭遺恨在青竹幾人登迴首追談笑

勞歌跼寢興年華紛已矣世故莽相仍刺史諸侯貴

郎官列宿應潘生駿閣遠一云潘安雲閣遠黃霸璽書增乳

竇胡犬切有力也號攀石饑鼯訴落藤藥囊親道士灰劫問

胡僧憑久烏皮折一作綻簪稀一作開白一作皁帽稜林居

看蟻穴野食行（去聲一作幸又作待）魚曾筋力變彫喪飄零免戰兢皆（一作昔）爲百里宰正似六安丞姹女縈新裏丹砂冷舊秤但求椿壽永莫慮杞天崩鍊骨調情性張兵撓棘矜養生終自惜伐數（一作叛）必全懲政術甘疏誕詞場媿服膺展懷詩誦魯割愛酒如澠（吳若本舊注云平生所好消渴止之）咄咄寧書字冥冥欲避矰江湖多白鳥天地有青蠅

詩不佳章法亦覺草草

夔府書懷四十韻

此亦杜公之長

昔罷河西尉初與薊北師不才名位晚敢恨省郎遲扈聖崆峒日端居灩澦時萍流仍汲引樗散尚恩慈遂阻雲臺宿（一作靈臺伯）常懷湛露詩翠華森遠矣白首颯淒其拙被林泉滯生逢酒賦欺文園終寂寞漢閣自磷緇病隔君臣議（一作讖）慚紆德澤私揚鑣驚主辱拔劍撥年衰社稷經綸地風雲際會期血流紛在眼涕洒亂交頤四瀆樓船汎中原鼓角悲賊壕連白翟戰瓦落丹墀先帝嚴靈（一作虛）寢宗臣切受遺恒山猶

突騎遼海競張旗田父嗟膠漆行人避蒺藜總戎存
大體降將飾卑詞楚貢何年絕堯封舊俗疑長吁翻
北寇一望卷西夷不必陪元圃超然待具茨凶一作休
兵鑄農器講殿闢書帷廟算高難測天憂實在兹形
容眞潦倒荅效莫支持使者分王命羣公各典司恐
乖均賦斂不似問瘡痍萬里煩供給孤城最怨思綠
林寧小患雲夢欲難追即事須嘗膽蒼生可察眉議
一作義堂猶集鳳正觀是元龜處處喧飛檄家家急競

錐蕭車安不定蜀使下何之鈞瀨疎墳籍耕巖進奕

棊地蒸餘破扇冬暖更纖絺豺遘一作搆哀登楚麟傷

泣象尼衣冠迷適越藻繪憶遊雎賞月延秋桂傾陽

逐露葵大庭終反樸京觀且僵尸高枕虛眠晝哀歌

欲和誰南宮載勳業凡百慎交綏伉健有氣語多衰詞

解悶十二首

直如[illegible]話

草閣柴扉星散居浪翻江黑雨飛初山禽引子哺紅

果溪友一作女得錢留白魚

商胡離別下揚州憶上西一作蘭陵故驛樓爲問淮南
米貴賤老夫乘興欲東流一作遊
一辭故國十經秋每見秋瓜憶故丘一作侯今日南一作
東湖采薇蕨何人爲覓鄭瓜一作袁州今鄭秘監審
沈范早知何水部曹劉不待薛郎中獨當省署開文
苑兼泛滄浪學釣翁水部郎中薛據
李陵蘇武是吾師孟子論文更不疑一云第二句作首句一飯
未曾留俗客數篇今見古人詩校書郎雲卿

子美與浩然詩不同調此詩可謂具眼

具眼公論又可見古人不必苟同處

復憶襄陽孟浩然清詩句句盡堪傳即今耆舊無新語漫釣槎頭縮頸一作項鯿

此老苦心乃爾後人草草

陶冶性靈在一作存底物新詩改罷自長吟孰知二謝將能事頗學一作覺陰何苦用心

何[illegible]

不見高人王右丞藍田丘壑漫陳作蔓寒藤最傳秀句寰區滿未絕風流相國能右丞弟今相國縉

不成句

成何語

先帝貴妃今陳作俱寂寞荔枝還復入長安炎方每續朱櫻獻玉座應悲白露團

何限淒涼

少陵五絶酷少情致故與逺遜太白摩詰

詩原不佳何必強爲之解

憶過瀘戎摘荔枝青楓隱映石逶迤京中舊見無顏色（陳作京華應見無顏色）紅顆酸甜只自知

翠瓜碧李沉玉甃赤梨蒲萄寒露成可憐先不異枝蔓此物娟娟長遠生

側生野岸及江蒲（一作浦）不熟丹宮滿玉壺雲壑布衣駘背死勞生重（制作人害）馬翠眉須

不解

復愁十二首

人煙生處僻（一云遠處）虎跡過新蹄野鶻（一作鶴又作鶬晉作雉）翻

好句

此在此失自言白矣

子美此種酸語每失笑亦欠通

窺草村船逆上溪

釣艇收緡盡昏鴉（一作鷗）接翅歸（吳作稀）月生初學扇雲

細不成衣（二詩皆截律句中四句似是未成之詩）

萬國尚防寇故園今若何昔歸相識少早已戰場多（江天多云先言今而後言昔有無限感難之意　不沒）（劉云今又可知）

身覺省郎在家須農事歸年深荒草逕老恐失柴扉

金絲鏤（一作縷）箭鏃皁尾製（一作制）旗竿一自風塵起猶

嗟行路難

胡虜何曾盛干戈不肯休閭閻聽小子談話（一作笑）覓

◎

封侯（有喜亂樂禍意所以可愁）

正觀銅牙弩，開元錦獸張。花門小前（一作箭），好此物，棄沙場。

今日翔麟馬，先宜駕鼓車。無勞問河北，諸將覺（一作角樊）榮華（作權）。（諸將富貴之極，將驕卒怠之憂，隱隱言外）

任轉江淮粟，休添苑囿兵。由來貔虎士，不滿鳳皇城。

江上亦秋色，火雲終不移。巫山猶錦樹，南國且黃鸝。

每恨陶彭澤，無錢對菊花。如今九日至，自覺酒須賒。

無一佳者

杜絶另是一種不必定佳服其氣老

病減詩仍拙吟多意有餘莫看江摠老猶被賞時魚

承聞河北諸道節度入朝歡喜口號絶句十二首

祿山作逆降天誅更有思明亦已無洶洶人寰猶不定時時鬬戰欲何須

社稷蒼生計必安蠻夷雜種錯相干周宣漢武今王是孝子忠臣後代看

喧喧道路多歌一作好童謠河北將軍盡入朝始晉作作是

乾坤王室正却交一作敎江漢客魂銷

諷也

不（一作北）道諸公無表來，茫然（一作茲茲）庶事遣（一作使）人猜。擁兵相學干戈銳，使者徒勞百萬迴。

鳴玉鏘金盡正臣，修文偃武不無人。興王會靜妖氛氣，聖壽宜過一萬春。

英雄見事若通神，聖哲爲心小一身。燕趙休矜出佳麗，宮闈不擬選才人。

老臣心苦

抱病江天白首郎，空山樓閣暮春光。衣冠是日朝天子，草奏何時入帝鄉。

澶漫山東一百州削成如桉抱青丘苞茅重入歸關
內王祭還供盡海頭
東逾遼水北滹沱星象風雲喜一作氣共和紫氣關臨
天地濶黃金臺貯俊賢多
漁陽突騎邯鄲兒酒酣並轡金鞭垂意氣即歸雙闕
舞雄豪復遣五陵知
李相將軍擁薊門白頭雖老一作惟有赤心存竟能盡說
諸侯入知有從來天子尊

俱不可讀

十二年來多戰場天威已息陣堂堂神靈漢代中興主功業汾陽異姓王

喜聞盜賊蕃寇揔退口號五首

蕭關隴水入官軍青海黃河卷塞雲北極晉作闕轉愁一作深龍虎氣西戎休縱犬羊羣

贊普多教使入秦數通和好止晉作倘煙塵朝廷忽用哥舒將殺伐虛悲公主親

崆峒西極晉作北過崑崙駞馬由來擁國門逆氣數年

更少也得萬匹答之

佳篇佳甚

洞房宿昔驪山鬪雞諸篇俯仰盛衰自是子美絕作

吹路斷蕃人聞道漸星奔

勃律天西采玉河堅昆碧盌最來多舊隨漢使千堆

寶少苔胡（晉作朝）王萬匹羅

今春喜氣滿乾坤南北東西拱至尊大歷二年（鶴本三年）

調玉燭元元皇帝聖雲孫

頌揚得體

洞房

洞房至驪山八首皆追憶開元天寶時事語含諷刺而詞藉不露深得小雅詩人之遺

洞房環珮冷玉殿起秋風秦地應新月龍池（一作蚍）滿

舊宮繫舟今夜遠清漏往時同萬里黃山北園陵白

流麗頗似王李之流

劉云猥褻不凡風則俱有

少兒子夫姊用事甚切

露中

宿昔

宿昔青門裏蓬萊仗數移花嬌迎雜樹龍喜出平池（不成語）落日（一作月）留王母微風倚少兒宮中行樂秘少有外人知

能畫

能畫毛延壽投壺郭舍人每蒙天一笑復似（一作以）物（不通）皆（一作初）春政化平如水皇恩（晉作明）（不通）斷若神時時用抵

只如此便是家數更不須大步刻反小弱矣

戲亦未離風塵

鬬鷄

鬬鷄初賜錦舞馬既解一作登牀簾下宮人出樓前御柳曲一作長仙遊終一閟女樂久無香寂寞驪山道清秋草木黃

鸚鵡

鸚鵡含愁思聰明憶別離翠衿渾短盡紅觜漫多知未有開籠日空殘舊宿枝世人憐復損何用羽毛奇

綜括前後開合盡致

甚佳可亞於洞房之篇

歷歷

歷歷開元事分明在眼前無端盜賊起忽已歲時遷

如此類略可謂不煩繩削

巫峽西江外秦城北斗邊爲郎從白首卧病數秋天

然總不佳

洛陽

洛陽昔陷沒胡馬犯潼關天子初愁思都人慘別顏

又是苦刻

清笳去宮闕翠蓋出關山故老仍流涕龍髯幸再攀

驪山

驪山絕望幸花蕚罷登臨地下無朝燭人間有賜金

通無韻藻不似律矣

大不成詩

鼎湖龍去遠銀海鴈飛深萬歲蓬萊日長懸舊羽林

提封

提封漢天下萬國尚同心借問懸車一作軍守何如儉德臨時徵俊乂入草竊一作莫慮犬羊侵願戒兵猶火恩加四海深

覆舟二首

巫峽盤渦曉黔陽貢物秋丹砂同隕石翠羽共沉舟羈使空斜影龍居一作官閟積流篙工幸不溺俄頃逐

輕鷗

竹宮時望拜桂館或求仙姹女淩波日神光照夜年徒聞斬蛟劍無復爨犀船使者隨秋色迢迢獨上天

結語近諂

垂白 一云白首

垂白 一云白首 馮唐老清秋宋玉悲江喧長少睡樓迴獨移時多難身何補無家病不辭甘從千日醉未許七

瀟灑絕無思致

哀詩 草閣

草閣臨無地柴扉永不關魚龍迴夜水星月動秋山
久一作夕露清一作晴初濕高雲薄未還汎舟慚小婦飄
泊損紅顏

江月

江月光於一作如水高樓思殺人天邊長作客老去一
霑巾玉露團清影銀河沒半輪誰家挑錦字滅燭一云
燭滅翠眉嚬

江上

俱好

江上日多雨蕭蕭荆楚秋高風下木葉永夜攬貂裘勳業頻看鏡行藏獨倚樓時危思報主衰謝不能休

中夜

中夜江山靜危樓望北辰長爲萬里客有媿百年身故國風雲氣高堂戰伐塵胡雛負恩澤嗟爾太平人

江漢

江漢思歸客乾坤一腐儒片雲天共遠永夜月同孤落日心猶壯秋風病欲疎（一作蘇）古來存老馬不必取

故不可讀詩之場起於此

長途

白露

白露團甘子清晨散馬蹄圃開連石樹船渡入江溪憑几看魚樂迴鞭急一作至鳥棲漸知秋實美幽徑恐多蹊

孟氏

孟氏好兄弟養親唯小園承顏胝手足坐客強盤飧負米力晉作寒一作夕葵外讀書秋樹根卜鄰慚近舍訓子

五字最佳

此等貶不得亦不必深讚詩亦質朴有味不當以習見目之

學一作覺誰一作先門

吾宗衛倉曹崇簡

吾宗老孫子質樸古人風耕鑿安時論衣冠與世同在家常早起憂國願年豐語及君臣際經書滿腹中

有歎

壯心久零落白首寄人間天下兵常鬬聞蜀官軍自圍普還江東客未還窮猿號雨雪老馬怯一作望一作泣關山武德開元際蒼生豈重攀

冬深一云即日

花葉隨天意，江溪共石根。早霞隨類一云淚影，寒水各依一云流痕。易下楊朱淚，難招楚客魂。風濤暮不穩，捨棹宿誰門。

不寐

瞿塘夜水黑，城內改更籌。翳翳月沉霧，輝輝星近樓。氣衰甘少寐，心弱恨和一作知陳作多或作容愁。多疊陳作疊恨滿山谷，桃源無處求。

全佳

佳處只用如此

月圓

孤月當樓滿，寒江動夜扉。委波金不定，照席綺逾依。未缺空山靜，高懸列宿稀。故園松桂菊一作發，萬里共清輝。

中宵

西閣百尋餘，中宵步綺疏。飛星過水白，落月動沙虛。擇木知幽鳥，潛波想巨魚。親朋滿天地，兵甲少來書。

遣愁

養拙蓬爲戶茫茫何所開江通神女館地隔望鄉臺漸惜容顏老無由弟妹來兵戈與人事回首一悲哀〔義不可通〕

秋淸

高秋蘇病吳作肺氣白髮自能梳藥餌憎加減門庭悶〔一本作悄〕掃除杖藜還客拜愛竹遣兒書十月江平穩輕舟進所如〔淸淺有致〕

傷秋

林僻來人少山長去鳥微高秋收畫扇一云藏羽扇久客

掩荆一作柴扉懶慢頭時櫛艱難帶減圍將軍猶汗馬

天子尚戎衣白蔣風飈脆殷檉曉夜稀何年減一作滅

豺虎似有故園歸

秋峡

江濤萬古峡肺氣久衰翁不寐防巴虎全生狎楚童

衣裳垂素髮門巷落丹楓常怪商山老兼存翊贊功

南極

南極青山衆西江白谷分古城疎落木荒戍密寒雲

歲月虵常見風颷虎或一作忽聞近身皆鳥道殊俗自人羣睥睨登哀柝矛弧照夕曛此結便無謂亂離多醉尉愁殺李將軍

搖落

搖落巫山暮寒江東北流煙塵多戰鼓風浪少行舟鵝費羲之墨貂餘季子裘長懷報明主卧病復高秋

耳聾

刻劃有趣不病其巧

生年鶡冠子歎世鹿皮翁眼復幾時暗耳從前月聾

起句有何情趣

猿鳴秋淚缺，雀噪晚愁空。黃落驚山樹，呼兒問朔風。

獨坐二首

竟日雨冥冥，雙崖洗更青。一作清水花寒落岸，山鳥暮過庭。煖老須燕玉，充饑憶楚萍。胡笳在樓上，哀怨不堪聽。

白狗斜臨北，黃牛更在東。峽雲常照夜，江月會兼風。曬藥安垂老，應門試小童。亦知行不逮，苦恨耳多聾。

遠遊

江濶浮高棟(晉作東)雲長出斷山塵沙連越嶲風雨暗荆蠻鴈矯銜蘆內猿啼失木間敝裘蘇季子歴國未知還

夜(一云秋夜客舍)

露下天高(一云空山)秋水清空山獨夜旅魂驚疎燈自照孤帆宿新月猶懸雙杵鳴南菊(一作國)再逢人卧病北書不至(一作到)鴈無情步蟾(一作簷)倚杖看牛斗銀漢遥應接鳳城

晉當作空

暮春

臥病擁塞在峽中瀟湘洞庭虛映空楚天不斷四時
雨巫峽常吹千里風沙上草閣柳新闇城邊野池蓮
欲紅暮春鴛鷺立洲渚挾子翻飛還一叢

收放有老氣

晴二首

久雨巫山暗新晴錦繡文碧知湖外晉作上草紅見海

稚

上句勝

東雲竟日鶯相和摩霄鶴數羣野花乾更落風處急
紛紛

啼鳥爭引子鳴鶴不歸林下食遭泥去高飛恨久陰
雨聲衝塞盡日氣射江深迴首周南客驅馳魏闕心

雨

無有此詩

始賀天休雨還嗟地出雷驟看浮一作巫峽過密作舊作塞密渡江來牛馬行無色蛟龍鬬不開干戈盛陰氣未必自陽臺

月三首

斷續巫山雨天河此夜新若無青嶂月愁殺白頭人

魍魎移深樹蝦蟆動半輪故園當北斗直指（一作想）照西秦

併照（一作點）巫山出新窺楚水清羈（惡拙）棲愁見裏（一作愁裏見）二十四迴明必驗升沉體如知進退情不違銀漢落亦伴玉繩横

萬里瞿塘峽（一作月）春來六上弦時時開暗室故故滿青天爽合風襟靜高當淚臉懸南飛有烏鵲夜久落江邊

雨

萬木雲深隱連山雨未開風扉掩不定水鳥過舊作去仍迴蛟館如鳴杼樵舟豈伐枚清涼破炎毒衰意欲登臺

淺俗

晚晴

返一作晚照斜初徹一作散浮雲薄未歸江虹明遠一作近飲峽雨落餘飛鳧鴈陳作鶴終高去熊羆覺自肥秋分客尚在竹露夕一作久微微

凄涼婉約寒風吹過雨之景當時猶如今日

思當日也

夜雨

小雨夜復密迴風吹早秋野（一作夜）涼侵閉戶江滿帶維舟通籍恨（陳作限）多病爲郎忝薄遊天寒出巫峽醉別仲宣樓

更題

只應踏初雪騎馬發荊州直怕巫山雨真傷白帝秋羣公蒼玉珮天子翠雲裘同舍晨趨侍胡爲淹此（一云此滯）留

此爲七律正字

歸

東帶還騎馬東西却渡船林中才有地峽外絕無天虛白高人靜喧卑俗累牵他鄉悅遲暮不敢廢詩篇

返照

楚王宫北正黄昏白帝城西過雨痕返照入江翻石壁歸雲擁樹失山村衰年肺病唯高枕絕塞愁時早閉門不可久畱豺虎亂南方實有未招魂

熱三首

味卽朱李等

雷霆空霹靂雲雨竟虛無炎赫衣流汗低垂氣不蘇乞爲寒水玉願作冷秋菰何晉作那似兒童歲風涼出舞雩

瘴雲終不滅瀘水復西來閉戶人高卧歸林鳥却迴峽中都似火江上只空晉作聞雷想見陰宮雪風門颯踏開

朱李沉不冷彫胡晉作菰炊屢新將衰骨盡痛被褐一作

暍

味空頻欻翕炎蒸景飄颻征戍人十年可解甲爲

劉云二四入入能言與可惜歎婉地同

句句切了

爾一霑巾

○日暮

牛羊下來久各已閉柴門風月自淸夜江山非故園石泉流暗壁草露滴秋根一作滿秋原頭白燈明裏何須化燼繁

淡語傷永

八月十五夜月二首

滿目飛明鏡歸心折大刀轉蓬行地遠攀桂仰天高

大不成文理

水路疑霜雪林棲見羽毛此時瞻白兔直欲數秋毫

亦不成文理

一般翫月詩若都如此點構入亦何必作翫月詩哉

稍下巫山峽，猶銜白帝城。氣沉全浦暗，輪仄半樓明。刁斗皆催曉，蟾蜍且自傾（一作清）。張弓倚殘魄，不獨漢家營。

十六夜翫月

舊挹金波爽，皆傳玉露秋（一作何）。關山隨地闊，河漢近人流。谷口樵歸唱，孤城笛起愁。巴童渾不寝，半夜有行舟。

十七夜對月（清切二字借評此詩）

秋月仍圓夜，江村獨老身。捲簾還照客，倚杖更隨人。

子美此等語直是笑柄

光射潛虬動明翻宿鳥頻茅齋依橘柚清切露華新

村雨

雨聲傳兩夜寒事颯高秋挈一作攬帶看朱紱開箱覩黑裘世情只益睡盜賊敢忘憂松菊新霑洗茅齋慰遠遊

雨晴

雨時山不改晴罷峽如新天路看殊俗秋江思殺人

刻意之句不成詩

有猿揮淚盡無犬附書頻故國愁眉外長歌欲損神

晚晴吳郎見過北舍

圃畦新一作佳雨潤媿子廢鉏來竹杖交頭拄柴扉隔一云掃徑開欲棲羣鳥亂未去小童催明日重陽酒相迎自醱醅

暝

日下四山陰山庭嵐氣侵牛羊歸徑險鳥雀聚枝深
正枕當星劒收書動玉琴半扉開燭影欲掩見清砧

雲

若無題字實自難看

不成語

諸語雖非警策要不落小家數

龍似（一作自　一作以）瞿唐會江依白帝深終年常起峽每夜
必通林收穫辭霜渚分明在夕岑高齋非一處秀氣
豁煩襟

月

四更山吐月殘夜水明樓塵匣元開鏡風簾自上鈎
元字無故
兔應疑鶴髮蟾亦戀貂裘斟酌姮娥寡天寒奈九秋

雨四首

微雨不滑道斷雲疎復行紫崖奔處黑白鳥去邊明

秋日新霽影寒江舊落聲柴屏臨野碓半得一作濕擣
香秔
江雨舊無時天晴忽散絲暮秋霽物冷今日過雲遲
上馬迴休出看鷗坐不辭高一作層軒當灩澦潤色靜
書帷
物色歲將宴天隅人未歸朔風鳴淅淅寒雨下霏霏
多病久加飯衰容新授衣時危覺凋喪一作喪亂故舊短
書稀

不接上下

楚雨石苔滋京華消息遲山寒青兕叫江晚白鷗饑
神女花鈿落鮫人織杼悲繁憂不自整終日灑如絲

夜

絕岸風威動寒房燭影微嶺猿霜外宿江鳥夜深飛
獨坐親雄劍哀歌嘆短衣煙塵繞閶闔白首壯心違

晨雨

小雨晨光內初來葉上聞霧交纔灑地風逆折一作旋
隨雲暫起柴荊色輕霑鳥獸羣麝香山一半亭午未

全分

反照

反照開巫峽寒空半有無已低魚復暗浦也不盡白鹽孤山也荻岸如秋水松門似畫圖牛羊識僮僕既夕應傳呼

二句若無辨者妙處人自不能及佳句

向夕

畎畝孤城外江村亂水中深山催短景喬木易高風鶴下雲汀一作河近鷄棲草屋同琹書散明燭長夜始

古雅中含工緻

情真境幽

劉云詩至不可解則妙耳

堪終

曉望

白帝更聲盡陽臺曙色分高峯寒（一作初）上日疊嶺宿霾（一作未收）雲地坼江帆隱天清木葉聞荆扉對麋鹿應共爾爲羣

雷

巫峽中宵動滄江十月雷龍蛇不成蟄天地劃爭迴却碾空山過深蟠絕壁來何須妒雲雨霹靂楚王臺

雨

㝠㝠甲子雨，已度立春時。輕箑煩相向，纖絺恐自疑。
煙添纔有色，風引更如絲。直覺巫山暮，兼催宋玉悲。

朝二首

淸旭楚宮南，霜空萬嶺含。野人時獨往，雲木曉相參。
俊鶻無聲過，饑烏下食貪。病身終不動，搖落任江潭。

浦帆晨初發，郊扉冷未開。村一作林疎黃葉墜，野靜白
鷗來。礎潤休全濕，雲晴欲半迴。巫山冬可怪，昨夜有

奔雷

晚

杖藜尋晚巷（一作巷晚）炙背近墻暄人見幽居僻吾知拙養尊朝廷問府主耕稼學山村歸翼飛棲定寒燈亦閉門

夜二首

白夜月休弦燈花半委（一作委半）眠號山無定鹿落樹有驚蟬暫憶江東鱠兼懷雪下船蠻歌犯星起空（一作重）

覺在天邊

城郭悲笳暮村墟過翼稀甲兵年數久賦斂夜深歸

暗樹依巖落明河繞塞微斗斜人更望月細鵲休飛

杜工部集卷十五終

杜工部集卷十六目錄

近體詩九十七首

簡吳郎司法

又呈吳郎

覃山人隱居

柏學士茅屋

題柏大兄弟山居屋壁二首

戲寄崔評事表姪蘇五表弟韋大少府諸妷

秋日寄題鄭監湖上亭三首

謁真諦寺禪師

鷗

猿

黃魚

白小

麑

雞

玉腕騮

見王監兵馬使說近山有白黑二鷹二首

杜工部卷十六目錄終

杜於文選實有得力處

杜工部集卷十六

近體詩九十七首居夔州作

宗武生日

小子何時見高秋此日生自從都邑語已伴一作律老夫名詩是吾家事人傳世上情熟精文選理休覓綵衣輕凋瘵筵初秩欹斜坐不成流霞分一作飛片片一作幾片涓滴就徐傾吳若本注宗武小名驥子曾有詩驥子好男兒

又示宗武

作邛山是

覓句新知律攤書解滿牀試吟青玉案莫美陳作帶紫羅囊假一作暇日從時飲明年共我長應須飽經術已似愛文章十五男兒志三千弟子行曾參與游夏達者得升堂

成何句語

熟食日示宗文宗武

消渴游江漢羇棲尚甲兵幾年逢熟食萬里逼清明松栢邛一作邙山路風花白帝城汝曹催我老迴首淚縱橫

頸聯兩地關心當作邛山是

◎

又示兩兒

令節成吾老，他時見汝心。浮生看物變，為恨與年深。（轉折深沉）長葛書難得，江州涕不禁。團圓思弟妹，行坐白頭吟。

社日兩篇

九農（一作秋豐）成德業，百祀發光輝。報效神如在，馨香舊不違。（太平正亦詩人之累）南翁巴曲醉，北雁塞聲微。尙想東方朔，詼諧割肉歸。（不成語）

陳平亦分肉，太史竟論功。今日江南老，他時渭北（一作

全好

水童歡娛看絕塞涕淚落秋風鴛鷺迴金闕誰憐病峽中

二首彷彿老成不落小家

九日五首 闕一首

重陽獨酌（一云少飲）盃中酒抱病起（一作獨又作豈）登江上臺竹葉於人既無分菊花從此不須開殊方日落玄猿哭舊國霜前白雁來弟妹蕭條各何往干戈衰謝兩相催

舊日重陽日傳盃不放盃即今蓬鬢改但愧菊花開

即前意而正言之

北闕心長戀西江首獨迴茱萸(晉作萸房)賜朝士難得一枝來(八句一氣總是格高)

舊與蘇司業兼隨鄭廣文采花香泛泛(一云簇簇一云漠漠)坐客醉紛紛野樹歌(一作歈)還倚秋砧醒却聞歡娛兩冥莫西北有孤雲(亦是一氣)

故里樊川菊登高素滻源他時一笑(荊作醉)後今日幾人存巫峽蟠江路終南對國門繫舟身萬里伏枕淚雙痕爲客裁烏帽從兒具綠尊佳辰對(一作帶)羣盜愁

絕更誰吳作堪論

九日一云日高一云登高

九日明朝是相要舊俗非老翁難早出賢客幸知歸
舊采黃花賸新梳白髮微漫看年少樂忍淚已霑衣

大歷二年九月三十日

爲客無時了悲秋向夕終瘴餘夔子國霜薄楚王宮
草敵虛嵐翠花禁冷葉一作蘂紅年年小搖落不與故
園同

俱不成句

十月一日

有瘴非全歇，為冬亦不（吳作不亦）難。夜郎溪日暖，白帝峽風寒。蒸裹如千室，焦糟（一作糖）幸一柈。兹辰南國重，舊俗自相歡。

記風土詩別致

孟冬

殊俗還多事，方冬變所為。破甘（一作瓜）霜落爪，嘗稻雪翻匙。巫峽（吳作岫）寒都薄，烏蠻（一作沙，一作黔溪）瘴遠隨。終然減灘瀨，暫喜息蛟螭。

冬至

年年至日長爲客，忽忽窮愁泥殺人。江上形容吾獨（吾字不工）

老，天邊（一作涯）風俗自相親。杖藜雪後臨丹壑，鳴玉（一云明

主）朝來散紫宸。心折此時無一寸，路迷何處見（一作是）

三秦。

小至

天時人事日相催，冬至陽生春又來。刺繡五紋（一作文）

添弱線，吹葭六琯動飛灰。岸容待臘將舒柳，山意衝

寒欲放一作破梅雲物不殊鄉國異教兒且覆掌中杯

覽物草堂作峽中覽物

曾爲掾吏趨三輔憶在潼關詩興多巫峽忽如瞻華岳蜀江猶似見黃河舟中得病移衾枕洞口經春長薜蘿形勝有餘風土惡幾時迴首一高歌

憶鄭南玭

鄭南伏毒寺一作守瀟洒到江心石影銜珠閣泉聲帶玉琴風杉曾曙倚雲嶠憶春臨萬里滄浪陳作蒼茫外龍

句意多奇但僅韻調耳

蛇只自深

懷灞上游

凄語傷心

悵望東陵道平生灞上遊春濃停野騎夜宿敞雲樓離別人誰在經過老自休眼前今古意江漢一歸舟

拗體別致故爾生新

愁 强戲爲吳體

江草日日喚愁生巫（一作春）峽泠泠非世情盤渦鷺浴底心性獨樹花發自分明十年戎馬暗萬國異域賓客老孤城渭水秦山得見否人今罷病虎縱橫

七律變調氣自蒼莽大宋正須有此

古今同恨

有此一句大爲一篇之恨

晝夢

二月饒睡昏昏然不獨夜短晝分眠桃花氣暖眼自醉春渚日落夢相牽故鄉門巷荊棘底中原君臣豺虎邊安得務農息戰鬭普天無吏横索錢

覽鏡呈柏中丞

渭水流關內終南在日邊膽銷豺虎窟淚入犬羊天起晚堪從事行遲更學（舊作覺）仙鏡中衰謝色萬一故人憐

即事

暮春三月巫峽長晶晶行雲浮（一作無）日光雷聲忽送千峯雨花氣渾如百和香黃鶯過水翻迴去燕子銜泥濕不妨飛閣捲簾圖畫裏虛無只少對瀟湘

即事（一云天畔）

天畔羣山孤草亭江中風浪雨冥冥一雙白魚不受釣三寸黃（無故）甘猶自青多病馬卿無日起窮途阮籍幾時醒未開細柳散金甲腸斷秦川（一作州）流濁涇

樸壯有氣色可嘉

悶

瘴癘浮三蜀，風雲暗百蠻。卷簾唯白水，隱几亦青山。猿捷長難見，鷗輕故不還。無錢從滯客，有鏡巧催顔。（巧語）

戲作俳諧體遣悶二首

異俗可吁怪，斯人難並居。家家養烏鬼，頓頓食黃魚。舊識能難一作爲態，新知已暗疎。治生且耕鑿，只有不關開一作渠。

西歷青羌板坂一作，南留白帝城。於菟穀一作於侵客恨，粔

枚作人情瓦卜傳神語畬田費火聲一作耕是非何處定高枕笑浮生頃歲自秦涉隴從同谷縣出游蜀畱滯于巫山也

得舍弟觀書自中都已達江陵今玆暮春月末行李合到夔州悲喜相兼團圓可待賦詩即事情見乎詞

爾到晉作過江陵府何時到峽州亂離生有別聚集病應瘳颯颯開啼眼朝朝上水樓老身須付託白骨更何憂

自得觀書以下五七律十首借事切至絕有一片直氣貫注其間便覺首首絕頂不必摘句稱佳

喜觀即到復題短篇二首

巫峽千山暗終南萬里春病中吾見弟書到汝爲人意（一作竟）苔見童問來經戰伐新泊船悲喜後款款話（一作議）歸秦

待爾嗔烏鵲拋書示鶺鴒枝間喜不去原上急曾經江閣嫌津柳風帆數驛亭應論十年事愁（一作撚）絕始星星

舍弟觀歸藍田迎新婦送示兩篇

東西南北傷巧

汝去迎妻子高秋念却迴卽今螢已亂好與雁同來

東望西江水一作永南遊北戸開卜居期靜處會有故人杯

楚塞難爲路一作別藍田莫滯畱衣裳判白露鞍馬信淸秋滿峽重江水開帆八月舟此時同一醉應在仲宣樓

第五弟豐獨在江左近三四載寂無消息覓使寄此二首

亂後嗟吾在，羇棲見汝難。草黃騏驥病，沙晚（一作暖）鶺鴒寒。楚設關城險，吳吞水府寬。十年朝夕淚，衣袖不曾乾。

聞汝依山寺，杭州定越州。風塵淹別日，江漢失（一作共）清秋。影著啼猿樹，魂飄結蜃樓。明年下春水，東盡白雲求（一作遊）。

舍弟觀赴藍田取妻子到江陵喜寄三首

汝迎妻子達荊州，消息眞傳解我憂。鴻雁影來連峽

內鶻鴿飛急到沙頭嶢關險路今虛遠禹鑿寒江正穩流朱紱卽當隨綵鷁青春不假報黃牛

馬度（一作瘦）秦關（吳作山）雪正深北來肌骨苦寒侵他鄉就我生春色故國移居見客心剩欲（一作歡劇）提攜如意舞喜多行坐白頭吟巡簷索共（一作近）梅花笑冷蘂（一作落）疏枝半不禁

庾信羅含俱有宅春來秋去作誰家短墻若在從殘草喬木如存可假花卜築應同蔣詡徑爲園須似邵

平瓜比年（一作因）病（一作斷）酒開涓滴弟勸兄酬何怨嗟

江雨有懷鄭典設

春雨闇闇塞（一作發）峽中早晚來自楚王宮亂波分披已打岸弱雲狼藉不禁風寵光蕙葉與多碧點注桃花舒小紅谷口子真正憶汝岸高瀼滑（一作潤）限西東

王十五前閣會

楚岸收新雨春臺引細風情人來石上鮮鱠出江中隣舍煩書札肩輿强老翁病身虛俊味何幸飫兒童

韋益以藥寄子美

寄韋有夏郎中

省郎憂病士書信有柴胡飲子頻通汗懷君想報珠親知天畔少藥味峽中無歸楫生衣卧春鷗洗翅呼猶聞上急水早作取平途萬里皇華使爲僚記腐儒

陪柏中丞觀宴將士二首

極樂三軍士誰知百戰場無私齊綺饌久坐密金章醉客霑鸚鵡佳人指鳳凰幾時來翠節特地引紅粧繡段裝簷額金花帖鼓腰一夫先舞劍百戲後歌樵

江樹城孤遠雲臺使寂寥漢朝頻選將應拜霍一作譙嫖姚

七月一日題終明府水樓二首

高棟曾軒已白涼秋風此日灑衣裳翛然欲下陰山雪不去非無漢署香絕壁過雲開錦繡疏松夾水奏笙簧看君宜著王喬履真賜還疑出尚方終明府功曹也兼攝奉節令故有此句佇觀奏卽眞也

宓子彈琴邑宰日終軍棄繻英妙時承家節操尚不

半字好看他將包畫

皆無可觀○一時想爲諸弟然今久言之則語病

泯爲政風流今在玆可憐有何緖撫賓客盡傾蓋何處老翁來賦詩楚江巫峽半雲雨淸簟疎簾看奕碁

季秋蘇五弟纓江樓夜宴崔十三評事韋少府姪三首

峽險江驚急樓高月迴明一時今夕會萬里故鄉情星落黃姑渚秋辭白帝城老人因酒病堅坐看君傾

明月生長好浮雲薄漸晉作暫遮悠悠照邊塞悄悄憶京華淸動盃中物高隨海上查不眠瞻白兔百過落

鳥紗

對月那無酒登樓況有江聽歌驚白鬢笑舞拓秋牕

尊蟻添相續沙鷗並一雙盡憐君醉倒更覺片心降一作我

九月一日過孟十二倉曹十四主簿兄弟

藜杖侵寒露蓬門啟曙烟力稀經樹歇老困撥書眠

秋覺追隨盡來因孝友偏淸談見滋味爾輩可忘年

過客相尋

窮老眞無事江山已定居地幽忘盥櫛客至罷琴書挂壁移筐果呼兒問（一作闖）煮魚時聞繫舟楫及此問吾廬。

孟倉曹步趾領新酒醬二物滿器見遺老夫

埜岸通秋屐胡牀面夕畦藉糟分汁滓甕醬落提攜飯糲添香味朋來有醉泥理生那免俗方法報山妻

柳司馬至

有使歸三峽相過問兩京函關猶出將渭水更屯兵

此詩有說佳者吾所不解

設備邯鄲道和親邏些城幽燕唯鳥去商洛少人行

哀謝身何補蕭條病轉嬰霜天到宮闕戀主寸心明

簡吳郎司法

有客乘舸自忠州遣騎安置瀼西頭古堂本買藉疎

豁借汝遷居停宴遊雲石熒熒高葉曙（一作曉）風江颯

颯亂帆秋却為姻婭過逢地許坐曾軒數散愁

又呈吳郎

堂前撲棗任西鄰無食無兒一婦人不為困窮寧有

全首諷刺從徵君已去句生出

此秖緣恐懼轉須親卽防一作知遠客雖多事使一作便插疏籬却甚眞已訴徵求貧到骨正思戎馬淚盈巾

忽然獨著一結自任

覃山人隱居

南極老人自有星北山移文誰勒銘徵君已去獨松菊哀壑無光留戶庭予見亂離不得已子知出處必須經高車駟馬帶傾覆悵望秋天虛翠屏

柏學士茅屋

亦俗

碧山學士焚銀魚白馬却走身巖居古人已用三冬

足年少今（一作曾）開萬卷餘晴雲滿戶團傾蓋秋水浮堦溜決渠富貴必從勤苦得男兒須讀五車書

題柏大兄弟山居屋壁二首

叔父朱門貴郎君玉樹高山居精典籍文雅涉風騷江漢終吾老雲林得爾曹哀絃繞白雪未與俗人操

野屋流寒水山籬帶薄雲靜應連虎穴喧已去人羣筆架霑牕雨書籤映隙曛蕭蕭千里足（荆作馬）箇箇五花文

戲寄崔評事表姪蘇五表弟韋大少府諸姪

隱豹深愁雨潛龍故起雲泥多仍徑曲心醉阻賢羣忽待江山麗還披鮑謝文高樓憶疎豁秋興坐氛氳

秋日寄題鄭監湖上亭三首

碧草逢（一作遶）春意沅湘萬里秋池要山簡馬月淨（一作靜）庾公樓磨滅餘篇翰平生一釣舟高唐寒浪減（一作滅）鬢鬚識昭邱

新作湖邊宅還聞賓客過自須開竹逕誰道避雲蘿

官序潘生拙才名賈傅多捨舟應轉一作卜地鄰接意

如何

蹔阻一作住蓬萊閣終爲江海人揮金應物理拖玉豈

吾身羹煮秋蓴滑一作弱盃迎一作凝露菊新賦詩分氣

象佳句莫頻頻

謁眞諦寺禪師

蘭若山高處烟霞嶂一作障幾重凍泉依細石晴雪落

長松問法看詩忘一作妄觀身向酒慵未能割妻子卜

古則古矣然非律語

宅近前峯

別崔㶊因寄薛據孟雲卿（內弟㶊赴湖南幕職）

志士惜妄動知深（陳作深知）難固辭如何久磨礪但取不磷緇（無端）夙夜聽憂主飛騰急濟時荆州過（晉作遇）薛孟為報欲論詩

送李八秘書赴杜相公幕

青簾白舫益州來巫峽秋濤天地迴石出倒聽楓葉下（灩澦堆）櫓搖皆（一作背）指菊花開貪趨相府今晨發恐

失佳期後命催南極一星朝北斗五雲多處是三台

巫峽敝廬奉贈侍御四舅別之澧朗

江城秋日落山鬼閉門中行李淹吾舅誅茅問老翁赤眉猶世亂青眼只途窮傳語桃源客人今出處同

奉送十七舅下邵桂

絕域三冬暮浮生一病身感深辭舅氏別後見何人縹緲蒼梧帝推遷孟母隣昏昏阻雲水側望苦傷神

送覃二判官

先帝（一作皇）弓劒遠小臣餘此生蹉跎病江漢不復謁承明餞爾白頭日永懷丹鳳城遲遲戀屈宋渺渺臥荆衡魂斷航舸失天寒沙水清肺肝若稍愈亦上赤霄行

（好）（此等語不好）

季夏送鄉弟韶陪黃門從叔朝謁

令弟尚爲蒼水使名家莫出杜陵人北來相國兼安蜀歸赴朝廷已入秦捨舟策馬論兵地拖玉腰金報主身莫度清秋吟蟋蟀早聞黃閤畫麒麟

送十五弟侍御使蜀

喜弟文章進添余别興牵數盃巫峽酒百丈内江船未息豺狼鬬空催犬馬年歸朝多便道搏擊望秋天

（無味）

送田四弟將軍將夔州柏中丞命起居江陵節度陽城郡王衛公幕（一云夔府送田將軍赴江陵）

離筵罷多酒起地發寒塘迴首中丞座馳牋異姓王

（總是不可何說）

燕辭楓樹日雁度麥城霜空（留作定）醉山翁酒遥憐似葛强

送王十六判官

客下荆南盡，君今復入舟。買薪猶白帝，鳴櫓少（一作已）沙頭。衡霍生春早，瀟湘共海浮。荒林庾信宅，爲仗主人畱。

奉送卿二翁統節度鎮軍還江陵

火旗還錦纜，白馬出江城。嘹唳吟（一作鳴）笳發，蕭條別浦清。寒空巫峽曙，落日渭陽明（一作情）。畱滯嗟衰疾，何時見息兵。

送鮮于萬州遷巴州

京兆先時傑琳琅照一門朝廷偏注意（一作塵）接近與名藩祖帳排（陳作維）舟數寒江觸石喧看君妙爲政他日有殊恩

未能免俗

寄杜位（頃者與位同在故嚴尚書幕）

寒日經簷短窮猿失木悲峽中（一作筵）爲客恨江上（一作並）憶君時天地身何在（吳作往）風塵病敢辭封書兩行淚霑灑裛新詩

全首情至

奉寄李十五秘書二首 文嶷

避暑雲安縣秋風早下來暫畱刋作之魚復浦同過楚王臺猿鳥千崖窄江湖萬里開竹枝歌未好畫舸莫陳作且遲一作輕回

行李千金贈衣冠八尺身飛騰知有策意度不無神班秩兼通貴公侯出異人元成負文彩世業豈沉淪

奉送韋中丞之晉赴湖南

寵渥徵黃漸權宜借寇頻湖南安背水峽內憶行春

王室仍多故，蒼生倚大臣。還將徐孺子一作榻，處處待高人。

送李功曹之荆州充鄭侍御判官重贈

曾聞宋玉宅，每欲到荆州。此地生涯晚，遥悲一作通水國秋。孤城一柱觀，落日九江流。使者雖光彩，青楓遠自愁。

送孟十二倉曹赴東京選

君行別老親，此去苦家貧。藻鏡留連客，江山憔悴人。

土婁今偃師城西四十里

臺閣舊蓋指蘇徯

秋風楚竹冷，夜雪鞏梅春。朝夕高堂念，應宜綵服新。

憑孟倉曹將書覓土婁舊莊

平居喪亂後，不到洛陽岑。爲歷雲山問，無辭荊棘深。北風黃葉下，南浦白頭吟。十載江湖客，茫茫遲暮心。

别蘇徯 赴湖南幕

故人有遊子，棄擲傍天隅。他日憐才命，居然屈壯圖。十年猶塌翼，絕倒爲驚吁。消渴今如在，提攜愧老夫。豈知臺閣舊，先 陳作洗 拂鳳凰雛。得實翻蒼竹，棲枝把

粗疏别是一格

翠梧北辰當宇宙，南岳據江湖。國帶風塵色，兵張虎豹符。數論封内事，揮發府中趨。贈爾汝一作秦人策，莫鞭轅下駒。

有縱勢語

存殁口號二首

席謙不見近彈棊，畢曜仍傳舊小詩。玉局他年無限笑事一作，白楊今日幾人悲。道士席謙善彈棊，故曰玉局。

鄭公粉繪隨長夜，曹霸丹青已白頭。天下何曾有山水，人間不解重驊騮。高士滎陽鄭虔善畫山水，曹霸善畫馬也。

殊無佳處

奉漢中王手札報韋侍御蕭尊師亡

秋日蕭韋逝淮王報峽中少（小一作）年疑柱史多術怪

仙公不但時人惜秪應吾道窮一哀侵疾病相識自

兒童處處鄰家笛飄飄客子蓬強吟懷舊賦已作白

頭翁

哭王彭州掄

執友驚淪沒斯人已寂寥新文生沈謝異骨降松喬

北部初高選東堂早見招蛟龍纏倚劒鸞鳳夾吹簫

歷職漢庭久中年胡馬驕兵戈闇一作聞兩觀寵辱事三朝蜀路江干一作干戈窄彭門一作關地里遙解龜生碧草諫獵阻清霄頃壯戎麾出叨陪幕府要將軍臨氣候猛士塞風飆井漏一作渫一作滿泉誰汲烽疏火不燒前籌自多暇一作假隱几接終朝翠石俄雙表寒松竟後凋贈詩焉敢墜染翰欲無聊再哭經過罷離魂去住銷之官方玉折寄葬與萍漂曠望渥洼道霏微河漢橋夫人先即世令子各清標巫峽長雲雨秦城近斗

流麗有情此爲咏物上乘

忽驚復亂却繞偶經四頭一樣

杓馮唐毛髮白歸興日蕭蕭

見螢火

巫山秋夜螢火飛簾疎巧入坐人衣忽驚屋裏琴書冷復亂簷邊星宿稀却繞井欄添箇箇偶經花蘂弄輝輝滄江白髮愁看汝來歲如今歸未歸

吹笛

吹笛秋山風一云風山月清誰家巧作斷腸聲風飄律呂相和切月傍草堂作倚關山幾處明胡騎中宵堪北走武

自孤雁至卷末皆杜咏物詩也雖不落[illegible][illegible]小家較他詩畢竟降格可見此體之難

言有鷗亦足也

陵一曲想南征故園楊柳今搖（一作摧 一作花）落何得愁中曲（王原叔得甫詩藁曲作却）盡生（何仲默七律本於此種）

孤雁（一云後飛雁）

孤雁不飲啄飛鳴聲念羣（一作聲聲飛念羣）誰憐一片影相失萬重雲望盡（一作斷）似猶見哀多如更（一作更復）聞野鵶無意緒鳴噪自（一作亦）紛紛

鷗（全無味）

江浦寒鷗戲無他亦自饒却思翻玉羽隨意點春苗

二字不可通

雪暗還須浴一作落風生一任飄幾羣滄海上清影日蕭蕭

猿

裊裊啼虛壁蕭蕭挂冷枝艱難人不見一作免隱見爾如知慣習元從衆全生或用奇前林騰每及父子莫相離

黄魚

日見巴東峽黄魚出浪新脂膏兼飼犬長大不容身

二首都不是詩

筒桶一作筩相沿久，風雷肯爲神一作伸。泥沙卷涎沫，迴首怪龍鱗。

白小

白小羣分命，天然二寸魚。細微霑水族，風俗當園蔬。入肆銀花亂，傾箱雪片虛。生成猶拾一作捨卵，盡取義何如。

麂

似代麂語奇

永與淸溪別，蒙將玉饌俱。無才逐仙隱，不敢恨庖廚。

不敢妄譽

似微傷雅

言有鷗

亂世輕全物徽聲及禍樞衣冠兼盜賊饕餮用斯須

鷄

紀德名標五初鳴度必三殊方聽有異失次曉無懣

問俗人情似充庖爾輩堪氣交亭有際巫峽漏司南

玉腕騮

聞說荆南馬尙書玉腕騮頓驂（陳作驂驔）飄赤汗跼蹐顧

長楸胡鹵三年入乾坤一戰收舉鞭如有問欲伴習

池遊

久遊

拙劣之甚

猗覺寮雜記云干字當作干字如唐主謂馮延巳干卿何事之干

見王監兵馬使說近山有白黑二鷹羅者久取竟未能得王以爲毛骨有異他鷹恐臘後春生騫飛避暖勁翮思秋之甚眇不可見請余賦詩

雪別本俱作雲飛玉立盡清秋不惜奇毛恣遠遊在野只教心力一作膽破千晉作干或作于人何事網羅求一生自獵知無敵百中爭能恥下韝鵬礙九天須却避兎藏一作經三穴一作營三窟莫深憂

黑鷹不省人間有度海疑從北極來正翮摶風超紫

塞立陳作元冬幾夜宿陽臺虞羅自各虛施巧春雁同
歸必見猜萬里寒空祇一日金眸玉爪不刊作未凡材

杜工部集卷十六終

十七十八

杜工部集　卷十七　十八

杜工部集卷十七目錄

近體詩五十五首

江陵望幸
江邊星月二首
舟月對驛近寺
舟中
遣悶
江陵節度陽城郡王新樓成
又作此奉衞王
舟出江陵南浦奉寄鄭少尹

杜工部集卷十七目錄終

通隹

杜工部集卷十七

近體詩五十五首大歷三年正月起峽中至江陵及湖南作

太歲日

楚岸行將老巫山坐復春病多猶是客謀拙竟何人閶闔開黃道衣冠拜紫宸榮光懸日月賜與出金銀愁寂鴛行斷參差虎穴鄰西江元下蜀北斗故臨秦散地逾高枕生涯脫要津天邊梅柳樹相見幾迴新

元日示宗武

汝啼吾手戰吾笑汝身長處處逢正月迢迢滯遠方飄零還柏酒一作葉衰病只藜床訓喻青衿子名慚白首郎賦詩猶落筆獻壽更稱觴不見江東弟高歌淚數行第五弟豐漂泊江左近無消息

遠懷舍弟潁觀等

陽翟空知處荆南近得書積年仍遠別多難不安居江漢春風起冰霜昨夜除雲天猶錯莫花萼尚蕭踈對酒都疑夢吟詩正憶渠舊時元日會鄉黨羨吾廬

續得觀書迎就當陽居止正月中旬定出三峽

自汝到荆府書來數喚吾頌椒添諷詠禁火卜歡娛一作呼舟楫因人動形骸用杖扶天旋夔子國春近岳陽湖發日排南喜傷神散北吁飛鳴還接翅行序密銜蘆俗薄江山好時危草木蘇馮唐雖晚達終覲在

皇都

將別巫峽贈南卿兄瀼西果園四十畝

苔竹素所好萍蓬無一作不定居遠遊長兒子幾地別

題便拖沓詩有俗氣

題太絮絮

林廬雜蘂紅相對他時錦不如具舟將出峽巡圃念攜鋤正月暄鷽末茲辰放鴿初雪籬梅可折風槲柳微舒託贍卿家有因歌野興疎殘生逗（陳作逼）江漢何處狎樵漁

流麗清穩別是一種畦逕

送大理封主簿五郎親事不合却赴通州主簿前閬州賢子余與主簿平章鄭氏女子垂欲納（一有采字）鄭氏伯父京書至女子已許他族親事遂停

此題不是詩題
此詩不是題詩

太不成語

題意原韻

禁籞去東床趨庭赴北堂風波空遠涉琴瑟幾虛
張渥水出騏驥崑山生鳳皇兩家誠欵欵中道許蒼
蒼顏謂秦晉匹從來王謝郎靑春動才調白首缺輝
光玉潤終孤立珠明得闇藏餘寒折花卉恨别滿江
鄉

人日雨篇

元日到人日未有不陰時氷雪鶯難至春寒花較遲
雲隨白水落風振紫山悲蓬鬢稀疏久無勞比素絲

此日此時人共得一談一笑俗相看尊前柏葉休隨酒勝裏金花巧耐寒佩劒衝星聊暫拔匣琴流水自須彈早春重引江湖興直道無憂行路難

江梅

梅蘂臘前破梅花年後多絕知春意好（一作早）最奈客愁何雪樹元（一作能）同色江風亦自波故園不可見巫岫鬱嵯峨

庭草

鋪敘是大家數此等排律少陵開山

楚草經寒碧庭春入眼濃舊低收葉舉新掩卷牙重步履宜輕過開筵得屢供看花隨節序不敢强爲容

大歷三年春白帝城放船出瞿唐峽久居夔府將適江陵漂泊有詩凡四十韻

老向巴人裏今辭楚塞隅入舟翻不樂解纜獨長吁真情事窄轉深啼狖虛隨亂一作落浴鳧石苔凌几杖空翠撲肌膚疊壁排霜劍奔泉濺水珠杳冥藤上下濃淡樹榮枯神女峯娟妙昭君宅有無曲留明怨惜一作別夢

盡失歡娛擺闔盤渦沸欻斜激浪輸風雷纏地脈冰
雪耀天衢鹿角名灘眞走險狼頭名灘如跋胡惡灘寧變
色高臥負微軀書史全傾撓裝囊半壓濡生涯臨臬
兀死地脫斯須不有平川決一作快焉知眾壑趨乾坤
霾漲海雨露洗春蕪鷗鳥牽絲颺驪龍濯錦紆落霞
沈綠綺殘月壞金樞泥笋苞初荻沙茸出小蒲雁兒
爭水馬燕子逐檣烏絕島容烟霧環洲納曉晡前聞
辨陶牧轉眄拂宜都縣郭南畿好路入松滋縣津亭北望

孤勞心依憩息朗詠劃昭蘇意遣樂還笑衰迷賢與

愚飄蕭將素髮汨沒聽洪鑪丘壑曾忘返文章敢自

誣此生遭聖代誰分哭窮途臥疾淹爲客蒙恩早厠

儒廷爭酬造化樸直乞去江湖灔澦險相迫滄浪深

可踰浮名尋已已懶計却區區喜近天皇寺先披古

畫圖此寺有晉右軍書張僧繇畫孔子洎顏子十哲形像應經帝子渚同泣舜

蒼梧朝士兼戎服君王按湛盧旄頭初俶擾鶉首麗

泥塗甲卒身雖貴書生道固殊出塵皆野鶴歷塊匪

轅駒伊呂終難降韓彭不易呼五雲高太甲六月曠
搏扶回首黎元病爭權將帥誅山林託疲苶未必免
崎嶇

巫山縣汾州唐使君十八弟宴別兼諸公攜酒
樂相送率題小詩留于屋壁

臥病巴東久今年強作歸故人猶遠謫茲日倍多違
接宴身兼杖聽歌淚滿衣諸公不相棄擁別借光輝

春夜峽州田侍御長史津亭留宴得筵字

如何看得

北斗三更席西江萬里船杖藜登水榭揮翰宿春天白髮煩（須一作）多酒明星惜此筵始知雲雨峽忽盡下牢邊

泊松滋江亭

紗帽隨鷗鳥扁舟繫此亭江湖深更白松竹遠微（一作還）青一柱全應近高唐莫再經今宵南極外甘作老人星

行次古城店泛江作不揆鄙拙奉呈江陵幕府

諸公　穩秀

老年常道路遲日復山川　無味　白屋花開裏孤城麥秀邊

濟江元自闊下水不勞牽　拙甚　風蝶勤依槳春鷗懶避船

細而不纖

王門高德業幕府盛才賢行色兼多病蒼茫泛愛前

與泛愛容雙鬢者同解

乘雨入行軍六弟宅

曙角凌雲罷春城帶雨長水花分塹弱巢燕得泥忙

令弟雄軍佐凡才汚省郎萍漂忍流涕衰颯近中堂

可笑

宴胡侍御書堂　李尚書之芳鄭秘監審同集歸字韻

不可言鬢如野鶴

江湖春欲暮，牆宇日猶微。闇闇春（吳作書）籍滿，輕輕花絮飛。翰林名有素，墨客興無違。今夜文星動，吾儕醉不歸。

書堂飲既夜復邀李尚書下馬月下賦絕句

湖水（一作月）林風相與清，殘尊下馬復同傾。久拚野鶴如霜鬢，遮莫鄰雞下五更。

上巳日徐司錄林園宴集

鬢毛垂領白，花蘂亞枝紅。欹倒衰年廢，招尋令節同。

雖不佳亦老成

薄（一作蕩）衣臨積水吹面受和風有喜留攀桂無勞問
轉蓬

奉送蘇州李二十五長史丈之任

星坼台衡地曾爲人所憐公侯終必復經術昔（吳作竟）
相傳食德見從事克家何妙年一毛生鳳穴三尺獻
龍泉赤壁浮春暮姑蘇落海邊客間頭最白惆悵此
離筵（全首俗韻）

暮春江陵送馬大卿公恩命追赴闕下

自古求忠孝名家信有之吾賢富才術此道未磷緇
玉府摽孤映霜蹄去不疑激揚音韻徹籍甚眾多推
潘陸應同調孫吳亦異時北辰徵事業南紀赴恩私
卿月昇金掌王春度玉墀薰風行應律湛露即歌詩
天意高難問人情老易悲尊前江漢闊後會且深期

暮春陪李尚書李中丞過鄭監湖亭泛舟得過字韻

海內文章伯湖邊意緒多玉尊移晚興桂楫帶酣歌
春日繁魚鳥江天足芰荷鄭莊賓客地哀白遠來過

奉送蜀州柏二別駕將中丞命赴江陵起居衞
尚書太夫人因示從弟行軍司馬佐

中丞問俗畫熊頻愛弟傳書彩鷁新遷轉五州防禦使起居八座太夫人楚宮臘送荊門水白帝雲偷碧海春報與惠連詩不惜知吾斑鬢總如銀

夏日楊長寧宅送崔侍御常正字入京得深字韻

醉酒揚雄宅升堂子賤琴不堪垂老鬢還對欲分襟天地西江遠星辰北斗深烏臺俯麟閣長夏白頭吟

夔府後往往有此不可解之句

和江陵宋大少府暮春雨後同諸公及舍弟宴書齋

渥洼汗血種，天上麒麟兒。才士得神秀，書齋聞爾爲。棣華晴雨好，綵服暮春宜。朋酒日歡會，老夫今始知。

夏夜李尚書筵送宇文石首赴縣聯句

愛客尚書重，之官宅相賢。子美 酒香傾坐側，帆影駐江邊。之芳 翟表郎官瑞，鳧看令宰仙。或 雨稀雲葉斷，夜久燭花偏。子美 數語欹一作敧紗帽，高文擲彩箋。之芳 與饒行

題誠不可解詩不及題中人

處樂離惜醉中眠或單父長多暇河陽實少年子美客

居逢自出為別幾悽然之芳

○宇文晁尚書之甥崔彧司業之孫尚書之子重

泛鄭監前湖審

郊扉俗遠長幽寂野水春來更接連錦席淹留還出

浦葛巾欹側未迴船尊當霞綺輕初散棹拂荷珠碎

却圓不但習池歸酩酊君看鄭谷去夤緣

多病執熱奉懷李尚書之芳

衰年正苦病侵凌首夏何須氣鬱蒸大水淼茫炎海接奇峯硉兀火雲升思霑道暍黄梅雨敢望宫恩玉井冰不是尙書期不顧山陰野雪興難乘

水宿遣興奉呈羣公

魯鈍仍多病逢迎遠復迷耳聾須畫字髮短不勝篦澤國雖勤雨炎天竟淺泥小江還積浪弱纜且長堤歸路非關北行舟却向西暮年漂泊恨今夕一作久客亂離嗁童稚頻書札盤飱詎糝藜我行何到此物理直

眞是乞相

難齊高枕翻星月嚴城疊鼓鞞風號聞虎豹水宿伴
鳧鷖異縣驚虛往同人惜解攜蹉跎長汎鷁展轉屢
鳴雞疑疑瑚璉器陰陰桃李蹊餘波期救涸費日苦
輕賚支策門闌邃肩輿羽翮低自傷甘賤役誰愍強
幽棲巨海能無釣浮雲亦有梯勳庸思樹立語默可
端倪贈粟囷應指登橋柱必題丹心老未折時訪武
陵溪

奉賀陽城郡王太夫人恩命加鄧國太夫人陽城

賤相子美潦倒至此

郡王衛伯王也 體面詩未能免俗

衛幕銜恩重潘輿送喜頻濟時瞻上將錫號戴慈親

富貴當如此尊榮邁等倫郡依封土舊國與大名新

紫誥鸞迴紙清朝燕賀人遠傳冬筍味更覺綵衣春

奕葉班姑史芬芳孟母鄰義方兼有訓詞翰兩如神

委曲承顏體鶱飛報主身可憐忠與孝雙美畫騏驎

江陵望幸 五排正宗

雄都元壯麗望幸歘威神地利西通蜀天文北照秦

風烟含越鳥舟楫控吳人未枉周王駕終期漢武巡
甲兵分聖旨居守付宗臣早發雲臺仗刊作路恩波起
涸鱗

江邊星月二首

驟雨清秋夜金波耿玉繩天河元自白江浦一作渚向
來澄映物連珠斷緣空一鏡升餘光隱一作憶更漏況
乃露華凝

江月辭風纜一作檻江星別霧一作露船雞鳴還曙一作曉

◎

風餐猶可若以雨臥對之便全不可今朝昨夜是何情故

色鷺浴自淸川歷歷竟誰種悠悠何處圓客愁殊未已他夕始相鮮

舟月對驛近寺

更深不假燭月朗自明船金刹靑楓外朱樓白水邊城烏啼眇眇野鷺宿娟娟皓首江湖客鈎簾獨未眠

舟中

風餐江柳下雨臥驛樓邊結纜排魚網連檣並米船今朝雲細薄昨夜月淸圓飄泊南庭老秖應學水仙

遣悶

地濶平沙岸舟虛小洞房使塵來驛道城日避烏檣一作檣暑雨留蒸濕江風借夕涼行雲星隱見疊浪月光芒螢鑒緣帷徹蛛絲罥鬢長哀箏猶凭几鳴笛竟霑裳倚著如秦贅過逢類楚狂氣衝看劍匣脫頴撫錐囊妖孽關東臭兵戈隴右瘡時淸疑武略世亂跼文場餘力浮于海端憂問彼蒼百年從萬事故國耿難忘

江陵節度陽城郡王新樓成王請嚴侍御判官

賦七字句同作

樓上炎天冰雪生高飛燕雀賀新成碧窗宿霧濛濛濕朱栱浮雲細細輕杖鉞褰帷瞻具美投壺散帙有餘清自公多暇延參佐江漢風流萬古情

好

語

雖拙而亦成

又作此奉衛王

較是琅琅

西北樓成雄楚都遠開山岳散江湖二儀清濁還高下三伏炎蒸定有無推轂幾年唯鎮靜曳裾終日盛

典則清麗

佳篇

文儒白頭授簡焉能賦媿似相如爲大夫

舟一有中字出江陵南浦奉寄鄭少尹審

更欲投何處飄然去此都形骸元土木舟楫復江湖社稷纏妖氣干戈送老儒百年同棄物萬國盡窮途雨洗平沙靜天銜闊岸紆鳴螿隨泛梗別鷰起秋菰棲託難高臥飢寒迫向隅寂寥相呴沫浩蕩報恩珠溟漲鯨波動衡陽雁影徂南征問懸榻東逝想乘桴濫竊商歌聽時憂卞泣誅經過憶鄭驛斟酌旅情孤

子美七絕此爲壓卷

不著一字盡得風流

此是絕調

江南逢李龜年

岐王宅裏尋常見崔九堂前幾度聞正是友議作値江南好風景落花時節又逢君

官亭夕坐戲簡顏十少府

南國調寒杵西江浸日車客愁連蟋蟀亭古帶蒹葭不返青絲鞚虛燒夜燭花老翁須地主細細酌流霞

秋日荊南述懷三十韻

昔承推獎分媿匪挺生材遲暮宮臣忝艱危衮職陪

揚鑣（樊作鞭）隨日馭折檻出雲臺罪戾寬猶活干戈塞
未開星霜元鳥變身世白駒催伏枕因超忽扁舟任
往來九鑽巴噀火三蟄楚祠雷望帝傳應實昭王問
不廻蛟螭深作横豺虎亂雄猜素業行已矣浮名安
在哉琴烏曲怨憤庭鶴舞摧頹秋雨漫湘水（一云秋水漫湘）
竹陰風過嶺梅苦摇求食尾常曝報恩鰓結舌防讒
柄探腸有禍胎蒼茫步兵哭展轉仲宣哀飢籍（入聲）家
家米愁徵處處盃休爲貧士嘆任受衆人咍得喪初

造語工苦

難識榮枯劃易該差池分組冕合沓起蒿萊不必伊
周地皆知一作登屈宋才漢庭和異域晉史坼中台霸
業尋常體忠臣忌諱災羣公紛戮力聖慮窅樊作睿徘
徊數見銘鐘鼎眞宜法斗魁願聞鋒鏑鑄莫使棟梁
摧盤石圭多翦凶門轂少推垂旒資穆穆祝網但恢
恢赤雀翻然至黃龍詎一作不假媒賢非夢傳野隱類
鑿顏坯自古江湖客冥心若死灰

秋日荊南送石首薛明府辭滿告別奉寄薛尚

全篇無警句
全首渾勁有氣
此卷中杰作

書頌德敘懷斐然之作 三十韻

南征爲客久西候別君初歲滿歸𡙞鳥秋來把雁書

送明府止此　以下尚書事

荆門畱美化姜被就離居聞道和親入垂名報國餘

連枝不日並八座幾時除往者胡星孛恭惟漢網踈

風塵相澒洞天地一丘墟殿瓦鴛鴦坼宮簾翡翠虛

鈎陳摧徼道槍槊失儲胥文物陪巡守親賢病拮据

公時呵猰貐首唱却鯨魚勢愜宗蕭相郭令公材非一

范雎諸名將屍填太行道血走浚儀渠滏口師仍會函

闕憤已摅紫微臨大角皇極正乘輿賞從頻衮冕殊
私再直廬公舊執金吾新授羽林前後二將軍豈惟高衛霍曾是接應
徐降集飜翔鳳追攀絶衆徂侍臣雙宋玉戰策兩穰
苴鑒澈勞懸鏡荒蕪已荷鋤嚮來披述作石首處見公新文一
卷重此憶吹嘘白髮甘凋喪青雲亦卷舒經綸功不
朽跋涉體何如公頃奉使和蕃已見上應訝就湖橘常餐占野
蔬十年嬰藥餌萬里狎樵漁楊子淹投閣鄒生惜曳
裾但驚飛熠燿不記改蟾蜍烟雨封巫峽江淮畧孟

諸湯池雖險固遼海尚填淤努力輸肝膽休煩獨起
予

哭李尚書 之芳

漳濱與蒿里逝水竟同年欲掛留徐劍猶迴憶戴船
相知成白首此別間黃泉風雨嗟何及江湖涕泫然
脩文將管轄奉使失張騫史閣行人在詩家秀句傳
客亭鞍馬絕旅櫬網蟲懸復魄昭丘遠歸魂素滻偏
樵蘇封葬地喉舌罷朝天秋色凋春草王孫若箇邊

重題

涕泗不能收哭君余一作餘白頭兒童相識一作顧盡宇宙此生浮江雨銘旌濕湖風井逕秋還瞻魏太子賓客減應劉李公歷禮部尚書薨于太子賓客 八句一氣妙於言情

獨坐

悲愁一作秋迴白首倚杖背孤城江斂洲渚出天虛風物清滄溟服一作恨衰謝朱紱負平生仰羨黃昏鳥投林羽翮輕 語不經意亦是有致

拗體高調未許時手問津

暮歸

霜黃碧梧白鶴棲城上擊柝復烏啼（句好）客子入門月皎皎誰家擣練風淒淒（彫昔之過反合自然）南渡桂水闕舟楫北歸秦川（一作洛）多鼓鼙年過半百不稱意明日看雲還杖藜（語平直而實工）

移居公安敬贈衞大郎 鈞

衞侯不易得余病汝知之雅量涵高遠清襟照等夷（超脫）平生感意氣少小愛文辭河海由來合風雲若有期（自有深趣）（亦自不同）形容勞宇宙質朴謝軒墀自古幽人泣流年壯士悲

水烟通徑草，秋露接園葵。入邑豺狼鬭，傷弓鳥雀饑。白頭供宴語，烏几伴棲遲。交態遭輕薄，今朝豁所思。（起結照映）

公安送韋二少府匡贊（婉折入情）

逍遥公後世多賢，送爾維舟惜此筵。念我能書（一作常能）數字至，將詩不必萬人傳。時危兵甲黃塵裏，日短江湖白髮前。古往今來皆涕淚，斷腸分手各風烟。

贈虞十五司馬（忽著二字）

遠師虞秘監，今喜識元孫。形象丹青逼，家聲器宇存。

凄凉憐筆勢浩蕩問詞源爽氣金天豁清談玉露繁佇鳴南岳鳳欲化北溟鯤交態知浮俗儒流不異門過逢聯客位日夜倒芳尊沙岸風吹葉雲江月上軒百年嗟已半四坐敢辭喧書籍終相與青山隔故園

公安縣懷古

野曠呂蒙營江深劉備城寒天催日短風浪與雲平灑落君臣契飛騰戰伐名維舟倚前浦長嘯一含情

公安送李二十九弟晉肅入蜀余下沔鄂

儋楹好詩

正解柴桑纜仍看蜀道行檣烏相背發塞雁一何故行鳴
南紀連銅柱西江接錦城憑將百錢卜飄泊問君平

宴王使君宅題二首

漢主追韓信蒼生起謝安吾徒自漂泊世事各艱難
逆旅招邀近他鄉思英華作意緒寬不才甘朽質高卧豈
泥蟠

汎愛容霜髮一作髩畱歡卜夜閑一云上夜關自吟詩送老
相勸酒開顏戎馬今何地鄉園獨舊山江湖墮清月

酩酊任扶還舊山一作在山

畱別公安太易沙門不成詩語無壞詩律

隱居欲就廬山遠麗藻初逢休上人數問舟航畱製作長開篋笥擬心神沙杜白雲仍含凍江縣紅梅已放春先踏鑪峯置蘭若徐飛錫杖出風塵

杜工部集卷十七終

杜工部集卷十八目錄

近體詩六十一首

杜員外兄垂示詩因作此寄上 郭受

酬郭十五判官

衡州送李大夫七丈勉赴廣州

附録

他集互見四首

哭長孫侍御

虢國夫人

軍中醉飲寄沈八劉叟

杜鵑行

吳若本逸詩七首

聞惠二過東溪特一送

舟泛洞庭

李鹽鐵

長吟

絕句三首

草堂詩箋逸詩拾遺

瞿唐懷古

送司馬入京

惜別行送劉僕射判官

呀鶻行

狂歌行贈四兄

右五篇蘇州太守裴煜如晦所收

逃難

寄高適

送靈州李判官

與嚴二郎奉禮別

巴西驛亭觀江漲呈竇使君二首

遣憂

早花

巴山

收京

巴西聞收京闕送班司馬入京

右二十七篇朝奉大夫員安宇所收

送王侍御往東川

惠義寺送王少尹

右二篇見王原叔本

避地

右一篇見趙次翁本

惠義寺園送辛員外

又送

右二篇見卞圜本

杜工部集卷十八目錄終

椒集第一六目錄

杜工部集卷十八

近體詩六十一首自公安發次岳州及湖南作

曉發公安數月憩息此縣

疏老亦拗體之佳者

北城擊柝復欲罷東方明星亦不遲鄰雞野哭如昨日物色生態一云生生能幾時舟楫眇然自此去江湖遠適無前期出門轉眄已陳迹藥餌扶吾隨所之

泊岳陽城下

江國踰千里山城僅百層岸風飜夕浪舟雪灑寒燈

結甌

劉云氣壓百代爲五言雄渾之絕

唐子西云氣象宏放涵蓄深遠殆與洞庭爭雄起三句說盡大全詩誰復可及

留滯才難盡艱危氣益增圖南未可料變化有鯤鵬

纜船苦風戲題四韻奉簡鄭十三判官 泛

楚岸朔風疾天寒鶬鴰呼漲沙霾草樹舞雪渡江湖吹帽時時落維舟日日孤因聲置驛外爲覓酒家壚

登岳陽樓 元氣渾淪不可湊泊千古絕唱

昔聞洞庭水今上岳陽樓吳楚東南坼乾坤日夜浮親朋無一字老病有孤舟戎馬關山北憑軒涕泗流

陪裴使君登岳陽樓

湖濶兼雲霧樓孤屬晚晴禮加徐孺子詩接謝宣城

雪岸叢梅發春泥百草生敢違漁父問從此更南征

過南岳入洞庭湖

洪波（[illegible]）忽爭道岸轉異江湖鄂渚分雲樹衡山引舳艫

翠牙穿裛槳（荆作蔣）碧節上（一云吐）寒蒲病渴身何去春

生力更無壤童犁雨雪漁屋架泥塗欹側風帆滿微

冥水驛孤悠悠迴赤壁浩浩略蒼梧帝子留遺恨曹

公屈壯圖聖朝光御極殘孽駐艱虞才淑隨厮養名

宿槳郵籤不甚可知

賢隱鍛鑪邵平元入漢張翰後歸吳莫怪啼痕數危檣逐夜烏

宿青草湖

洞庭猶在目青草續爲名宿槳依農事郵籤報水程（二句自成詩與他句拙陋者不同）寒冰爭倚薄雲月遞微明湖雁雙雙起人來故北征

宿白沙驛 初過湖南五里

水宿仍餘照人烟復此亭驛邊沙舊白湖外草新青（不見意味）萬象皆春氣孤槎自客星隨波無限月（意蠢）的的近（一作景）

何仲默詩學子美此種

南溟

湘夫人祠

肅肅湘妃廟，空牆碧水春。蟲書玉佩蘚，燕舞翠帷塵。（下語又陋弱）

晚泊登汀樹，微馨借（一作香惜）渚蘋。蒼梧恨不盡，染淚在

叢筠。

祠南夕望

百丈（好）牽江色，孤舟泛日斜。興來猶杖屨，目斷更雲沙。

山鬼迷春竹，湘娥倚暮花。湖南清絕地，萬古一長嗟。

登白馬潭

水生春纜没，日出野船開。（不工）偪鳥行猶去，叢花（一作花叢）笑不來。人人傷白首，處處接金盃。莫道新知要，南征且未迴。

歸雁（蒼老）

聞道今（二字無魄）春雁，南歸自廣州。見花辭漲海，避雪到羅浮。是物關兵氣，何時免客愁。年年霜露隔，不過五湖秋。

野望

後半意盡往往重複

納納乾坤大行行郡國遥雲山兼五嶺風壤帶三苗
野樹侵江濶春蒲長雪消扁舟空老去無補聖明朝

入喬口 長沙花界

漠漠舊京遠遲遲歸路賒殘年傍水國落日對春華
樹蜜早蜂亂江泥輕燕斜賈生骨已朽悽惻近長沙

銅官渚守風

不樊作亦夜楚帆落避風湘渚間水耕先浸草春火更 用事無興感
燒山早泊雲物晦逆行波浪慳飛來雙白鶴過去杳

雜攀

北風

新康江口信宿方行

春生南國瘴氣待北風蘇向晚霾殘日初宵鼓大鑪
爽攜卑濕地聲撥洞庭湖萬里魚龍伏三更鳥獸呼
滌除貪破浪愁絕付摧枯執熱沈沈在凌寒往往須
且知寬疾肺不敢恨危途再宿煩舟子哀客問僕夫
今晨非盛怒便道即長驅隱几看帆席雲山湧坐隅

雙楓浦

結雖寓意語自不工

輟棹青楓浦雙楓舊已摧自驚衰謝力不道棟梁材淚足浮紗帽皮須截錦苔江邊地有主暫借上天迴

奉送王信州崟北歸

朝廷防盜賊供給愍誅求下詔選郎署傳聲能典一作典信州蒼生今日困一作起天子嚮時憂井屋有烟起瘡痍無血流壤歌唯海甸畫角自山樓白髮寐常早荒榛農復秋解龜蹄臥轍遣騎覓扁舟徐榻不知一作能倦潁川何以酬塵生一作孝塵彤管筆寒膩墨貂裘高義

鳥開口魚掉頭
近水牛浮鼻過
沙鳥點頭行矣

終焉在斯文去矣休別離同雨散行止各雲浮林熱鳥開口江渾魚掉頭尉佗雖北拜太史尚南畱軍旅應都息寰區要盡收九重思諫諍八極念懷柔徙倚瞻王室從容仰廟謀故人持雅論絕塞豁窮愁復見陶唐理甘爲汗漫遊

又作儀態語可厭

江閣卧病走筆寄呈崔盧兩侍御

客子庖廚薄江樓枕席清衰年病祇瘦長夏想爲情滑憶一作喜彫胡飯香聞錦帶羹溜匙兼煖腹誰欲致

覓一作孟奭

潭州送韋員外牧韶州迢

炎海韶州牧風流漢署郎分符先令望同舍有輝光
白首多年疾秋天昨夜涼洞庭無過雁書疏莫相忘

潭州留別杜員外院長　韋迢

江畔長沙驛澤一作相逢纜客船大名詩獨步小郡海
西偏地濕愁飛鵩天炎畏跕鳶去留俱失意把臂共
潸然

韋詩亦自楚楚

江閣對雨有懷行營裴二端公

南紀一作極風濤壯，陰晴屢不分。（豈不着意，然無可味）野流行地日，江入度山雲。層閣憑雷殷，長空水面一作面水文。雨來銅柱北，應一作意洗伏波軍。

早發湘潭寄杜員外院長　韋迢

北風昨夜雨，江上早來涼。楚岫千峯翠，湘潭一葉黃。故人湖外客，白首尚爲郎。相憶無南雁，何時有報章。

酬韋韶州見寄

起奇

此等則李滄溟之濫觴也

養拙江湖外朝廷記憶疎深慚長者轍重得故人書白髮絲難理竝一作新詩錦不如雖無南去雁看取北來魚可見古人酬答收意不收韻

千秋節有感二首

自罷千秋節頻傷八月來先朝常宴會壯觀已塵埃鳳紀編生日龍池塹劫灰湘川新涕淚秦樹遠樓臺

寶鏡羣臣得金吾萬國迴衢尊不重飲白首獨餘哀

御氣雲樓敞含風綵仗高仙人張內樂王母獻宮桃

升菴紅蕖羅襪字鋻銀本此

結與[illegible]消無情極同一機軸

羅襪紅蕖艷金羈白雪毛舞階銜壽酒走索背秋毫

聖主他年貴邊心此日勞桂江流向北滿眼送波濤

兩結傷心特甚

晚秋長沙蔡五侍御飲筵送殷六參軍歸澧洲覲省

佳士欣相識慈顏望遠遊甘從投轄飲肯作置書郵

高鳥黃雲暮寒蟬碧樹秋湖南冬不雪吾病得淹留

湖中送敬十使君適廣陵

四句一氣甚足情致

相見各頭白其如離別何幾年一會面今日復悲歌

値是老詩耳

少壯樂難得歲寒心匪他氣纏霜匣滿冰置玉壺多
遭亂實漂泊濟時曾琢磨形容吾較老膽力爾誰過
秋晚岳增翠風高湖湧波騫騰訪知己淮海莫蹉跎

長沙送李十一 銜

與子避地西康州洞庭相逢十二秋遠媿尚方曾賜
履竟非吾土倦登樓久存膠漆應難並一辱泥塗遂
晚收李杜齊名眞忝竊朔雲寒菊倍離憂

○重送劉十弟判官

不佳

分源豕韋派別浦雁賓秋年事推兄忝人才覺弟優
經過辨鄧劍意氣逐吳鈎垂翅徒衰老先鞭不滯留
本枝凌歲晚高義豁窮愁他日臨江待長沙舊驛樓

○奉贈盧五丈參謀琚時丈人使自江陵在長沙待恩旨先支率錢米

恭惟同自出妙選異高標入幕知孫楚披襟得鄭僑
丈人藉才地門閥冠雲霄老矣逢迎拙相於契託饒
賜錢傾府待爭米駐船遙鄰好艱難薄眠心杼軸焦
客星空伴使寒水不成潮素髮乾垂領銀章破在腰

十字今古同慨誦此愈令人多[illegible]人之嘆

說詩能累夜醉酒或連朝藻翰惟牽率湖山合動搖時清非造次興盡却蕭條天子多恩澤蒼生轉寂寥休傳鹿是馬莫信鵩如鴞（陳作爲）未解依依袂還斟泛泛瓢流年疲蟋蟀體物幸鷦鷯辜（刊作孤）負滄洲願誰云晚見招

登舟將適漢陽

春宅棄汝去秋帆催客歸庭蔬尚在眼浦浪已吹衣生理飄蕩拙有心遲暮違中原戎馬盛遠道素書稀

此殆絕筆格韻皆勝公於詩學可謂死而後已者其流落奇窮以終其身又可悲也

杜晚年排律多有滯句拙句如

塞雁與時集檣烏終歲飛鹿門自此往永息漢陰機

暮秋將歸秦留別湖南幕府親友

水闊蒼梧野樊作晚天高白帝秋途窮那免哭身老不禁愁大府才能會諸公德業優北歸衝雨雪誰一作俱憫敝貂裘結又乞相可厭

送盧十四弟侍御護韋尚書靈櫬歸上都二十韻

素幕渡江遠朱幡登陸微悲鳴駟馬顧失涕萬人揮

此作及贈盧五丈之類是也不必毛吹亦無須痂嗜

參佐哭辭畢門闌誰送歸從公伏事久之子俊才稀
長路更執紼此心猶倒衣感恩義不小懷舊禮無違
墓待龍驤詔臺迎獬豸威深衷見士則雅論在兵機
戎狄乘妖氣塵沙落禁闈往年朝謁斷他日掃除非
但促一作整銅壺箭休添玉帳旂動詢黃閣老肯慮白
登圍萬姓瘡痍合羣兇一作雄嗜慾肥刺規多諫諍端
拱自光輝儉約前王體風流後代希對敭期特達衰
朽再芳菲空裹愁書字山中疾采薇撥盃要忽罷抱

被宿何依眼冷看征葢兒扶立釣磯淸霜洞庭葉故

就別時飛

哭李常侍嶧二首

一代風流盡修文地下深斯人不重見將老失知音

短日行梅嶺寒山一作江落桂林長安若箇畔猶想映

貂金

靑瑣陪雙入銅梁阻一辭風塵逢我地江漢哭君時

次第尋書札呼兒檢贈詩發揮王子表不愧史臣詞

哭韋大夫之晉

悽愴郇瑕邑差池弱冠年丈一作大人叨禮數文律早周旋臺閣黃圖裏簪裾紫蓋邊尊榮真不忝端雅獨翛然貢喜音容間馮招病疾纏南過駭倉卒北思悄聯綿鵩鳥長沙諱犀牛蜀郡憐素車猶慟哭寶劍欲高懸漢道中興盛韋經亞相傳冲融標世業磊落映時賢城府深朱夏江湖眇霽天綺樓關一作高樹頂飛旐汎堂前帟幕疑風燕笳簫急暮蟬興殘虛白室跡

遂爲咏雪粉本

斷孝廉船童孺亥遊盡喧卑俗事牽老來多涕淚情在強詩篇誰寄方隅理朝難將帥權春秋褒貶例名器重雙全

語多牽牽所謂強詩篇也杜老早自言之

舟中夜雪有懷盧十四侍御一作郎弟

朔風吹桂水朔一作大雪夜紛紛暗度南樓月寒深北渚雲燭斜初近見舟重竟無聞不識山陰道聽雞更憶君

對雪

險語突兀自是一種

囊罌不宜有銀壺

北雪犯長沙胡雲冷萬家隨風且間一作開葉帶雨不成花金錯囊從一作徒磬銀壺酒易賒無人竭浮蟻有待至昏鴉何遜詩城陰度塹黑昏鴉接翅歸

樓上

天地空搔首頻抽白玉簪皇輿三極北身事五湖南戀闕勞肝肺論一作掄材媿杞柟亂離難自救終是老湘潭

冬晚送長孫漸舍人歸州

參卿休坐幄蕩子不還鄉南客瀟湘外西戎鄠杜旁衰年傾蓋晚費日繫舟長會面思來札銷魂逐去檣雲晴鷗更舞風逆雁無行匣裏雌雄劍吹毛任選將

暮冬送蘇四郎徯兵曹適桂州

飄飄蘇季子六印佩何遲早作諸侯客兼工古體詩爾賢埋照久余病長年悲盧綰須征日樓蘭要斬時歲陽初盛動王化久磷緇爲入蒼梧廟看雲哭九疑

風疾舟中伏枕書懷三十六韻奉呈湖南親友

此極楚楚第可引用
全首氣厚語病其滯澁之可棄率易一種

軒轅休製律虞舜罷彈琴尚錯雄鳴管猶傷半死心
聖賢名古邈羇旅病年侵舟泊常依震湖平早（一作半）
見參如聞馬融笛若倚仲宣襟故國悲寒望羣雲慘
歲陰水鄉霾白屋楓岸疊青岑鬱鬱冬炎瘴濛濛雨
滯淫鼓迎非（一作方）祭鬼彈落似鴞禽興盡纔無悶愁
來遽不禁生涯相汨沒時物自（一作正）蕭森疑惑尊中
弩淹留冠上簪牽裾驚魏帝投閣爲劉歆狂走終奚
適微才謝所欽吾安藜不糝女（一作汝）貴玉爲琛烏几

重重縛鶉衣寸寸針哀傷同庾信述作異陳琳十暑
岷山葛三霜楚戶砧叨陪錦帳座久放白頭吟反樸
時難遇忘機陸易沉廳過數粒食得近四知金春草
封歸恨源花費獨尋轉蓬憂悄悄行藥病涔涔瘞天
追潘岳持危覓鄧林蹉跎飜學步感激在知音却假
蘇張舌高誇周宋鐔納流迷浩汗峻址得嶔崟城府
開淸旭松筠一作篁起碧潯披顏爭倩倩逸足競騃騃
朗鑒存愚直皇天實照臨公孫仍恃險侯景未生擒

書信中原濶，干戈北斗深。畏人千里井，問俗九州箴。戰血流依舊，軍聲動至今。葛洪尸定解，許靖力還任。家事丹砂訣，無成涕作霖。

奉贈蕭二十使君

昔在嚴公幕，俱爲蜀使臣。艱危參大府，前後間清塵。嚴再領成都，余復參幕府。起草鳴先路，乘槎動要津。王凫聊暫出，蕭雉只相馴。終始任安義，荒蕪孟母鄰。聯翩匍匐禮，意氣死生親。嚴公没後，老母在堂，使君溫清之問，甘脆之禮，名數若已之庭闈焉。太夫人頃

逝喪事又首諸孫主典撫孤之情不滅骨肉則膠漆之契可知矣

張老存家事，嵇康有故人。食恩慚齒莽，鏤骨抱酸辛。巢許山林志，夔龍廊廟珍。鵬圖仍矯翼，熊軾且移輪。磊落衣冠地，蒼茫土木身。塤篪鳴自合，金石瑩逾新。重憶羅江外，同遊錦水濱。結歡隨過隙，懷舊益霑巾。曠絕含香舍，稽留伏枕辰。停驂雙闕早，迴雁五湖春。不達長卿病，從來原憲貧。監河受貸粟，一起轍中鱗。

奉送二十三舅錄事之攝郴州 崔偉

賢良歸盛族吾舅盡知名徐庶高交友劉牢出外甥泥塗豈珠玉環堵但柴荊衰老悲人世驅馳厭甲兵氣春江上別淚血渭陽情舟鷁排風影林烏反哺聲永嘉多北至勾漏且南征必見公侯復終聞盜賊平郴州頗凉冷橘井尚凄清從役何蠻貊居官志在行

送魏二十四司直充嶺南掌選崔郎中判官兼
寄韋韶州

選曹分五嶺使者歷三湘才美膺推薦君行佐紀綱

佳聲斯一作期共樊作不遠雅節在周防明白山濤鑒嫌疑陸賈裝故人湖外少春日嶺南長憑報韶州牧新詩昨寄一作夜將

送趙十七明府之縣

連城爲寶重茂宰得才新山雉迎舟楫江花報邑人論交飄恨晚卧病却愁春惠愛南翁悅餘波及老身

熟事生用是法接語不俗

燕子來舟中作

湖南爲客動經春燕子銜泥兩度新舊入故園常識

乞相可笑

流麗婉轉咏物上乘與螢火作並美

主如今社日遠看人可憐處處巢君一作居室何異飄（語意好）

飄託此身暫語船檣還起去穿花落水（四字不佳）范德機云善本作帖水

益霑巾

同豆盧峯知字韻貽主客李員外賢子棐也（近俗）

鍊金歐冶子噴玉大宛兒符彩高無敵聰明達所為

夢蘭他日應折桂早年知爛漫通經術光芒刷羽儀

謝庭瞻不遠潘省會於斯唱和將雛曲田翁號鹿皮

歸雁二首

萬里衡陽雁，今年又北歸。雙雙瞻客上，一一背人飛。
雲裏相呼疾，沙邊自宿稀。繫書元一作無浪語，愁寂故
山薇。

欲雪違胡地，先花別楚雲。却過淸渭影，高起洞庭羣。
塞北春陰暮，江南日色曛。傷弓流落羽，行斷不堪聞。

小寒食舟中作

佳辰强飯一云飲食猶寒，隱几蕭條帶鶡冠。春水船如
天上坐，老年花似霧中看。娟娟戲蝶過閑一作開幔，片

是何說話律格塗地矣

爲寒食對賣卜錢亦未工

片輕鷗下急湍雲白山青萬餘里愁看直北是長安

清明二首 二詩杜集中七律聊借一體

朝來新火起新烟湖色春光淨客船繡羽銜花他自得紅顏騎竹我無緣胡童結束還難有楚女腰肢亦可憐不見定王城舊處長懷賈傅井依然虛霑焦舉當作周舉爲寒食實藉嚴君賣卜錢鐘鼎山林各天性濁醪麤飯任吾年

此身飄泊苦西東右臂偏枯半耳聾寂寂繫舟雙下

淚悠悠伏枕左書空十年蹴蹋將雛遠萬里鞦韆習俗同旅雁上雲歸紫塞家人鑽火用青楓秦城樓閣烟（一作鶯）花裏漢主山河錦繡中風水（一作春去）春來洞庭濶白蘋愁殺白頭翁

發潭州

夜醉長沙酒曉行湘水春岸花飛送客檣燕語留人賈傅才未有褚公書絕倫（作詩切不可如此）高名前後事迴首一傷神（褚永徽末放此州）

廻棹

宿昔試一作世安命自私猶畏天勞生繫一物爲客費多年衡岳江湖大蒸池疫癘偏散才嬰薄一作舊俗有跡負前賢巾拂那關眼瓶罍易滿船火雲滋垢膩凍雨裛沉一作塵綿强飯蓴添滑端居茗續煎淸思漢水上凉憶峴山巔順浪翻堪倚廻帆又省牽吾家碑不味王氏井依然几杖將衰齒茅茨寄短椽灌園曾取適遊寺可終焉遂性同漁父成名一作功異魯連篙師

煩爾送朱夏及寒泉

贈章七贊善

鄉里衣冠不乏賢杜陵韋曲未央前爾家最近魁三象斗魁下兩兩相比爲三台時論同歸一云因使尺五天俚語云城南韋杜去天尺五

北走關山一作河開雨雪南遊花柳塞雲一作風烟洞庭春色悲公子蝦菜忘歸范蠡船

奉酬寇十侍御錫見寄四韻復寄寇

往別郇瑕地于今四十年來簪御府筆故泊洞庭船

詩憶傷心處春深把臂前南瞻按百越黃帽待君偏

杜員外兄垂示詩因作此寄上　郭受

新詩海內流傳遍舊德朝中屬望勞郡邑地卑饒霧雨江湖天潤足風濤松醪酒熟旁看醉蓮葉舟輕自學操春興不知凡幾首衡陽紙價頓能高

郭詩亦不醜

酬郭十五判官

才微歲老尚虛名臥病江湖春復生藥裹關心詩總廢花枝照眼句還成只同燕石能星隕自得隋珠覺

雄壯自在無苦刻之態

此等句萬萬不可學矣

夜明喬口橘洲風浪促繫帆何惜片時程

衡州送李大夫七丈勉赴廣州

斧鉞下青冥樓船過洞庭北風隨爽氣南斗避文星

此等句不足爲工

日月籠中鳥乾坤水上萍王孫丈人行垂老見飄零

附錄

他集互見四首

哭長孫侍御

道爲謀一作諫一作詩書重名因賦頌雄禮闈會擢桂憲府

俗韻太平

亦白爽悟

舊一作近乘驄流水生涯盡浮雲世事空唯餘舊臺柏蕭瑟九原中

虢國夫人詩大好入杜尙在疑似間

虢國夫人承主恩平明上馬入宮祐集作金門却嫌脂粉涴顏色淡掃蛾眉朝至尊

軍中醉飲寄沈八劉叟

酒渴愛江清餘甘一作酣漱晚汀軟沙欹坐穩冷石醉眠醒野膳隨行帳華音發從伶數盃君不見醉一作部

已遣沉冥

杜鵑行見陳浩然本亦見黃鶴本

古時杜宇稱望帝魂作杜鵑何微細跳枝竄葉樹木中搶佯英華作翔瞥捩雌隨雄毛衣慘黑貌一作自憔悴眾鳥安肯相尊崇隳英華作墮形不敢棲華屋短翮唯願巢深叢穿皮啄朽觜欲禿苦饑始得食一蟲誰言養雛不自哺此語亦足爲愚蒙聲音咽咽如有謂英華作咽嘁若有謂注云咽平聲號啼略與嬰兒同口乾垂血轉廹促似欲

上訴於蒼穹英華作欲以蜀人聞之皆起立至今斅學傳遺風英華作相效傳遺風廼知變化不可窮豈知昔日居深宮嬪嬙一作妃左右如花紅

格韻著老定是杜作無疑

吳若本逸詩七篇

聞惠二過東溪特一送

惠子白駒一作魚坡作驢瘦歸溪惟病身皇天無老眼空谷

自好但爲後人惡

語端

滯一作值斯人崖蜜松花熟一作白一作古山杯一作村醪竹葉新柴門了無一作生事黃一作園綺未稱臣

李祁蕭遠校書云陳恬叔易傳東坡記此詩云右一篇劉斯立得於管城人家冊子葉中題云工部員外詩集名甫字東甫其餘諸篇語多不同如故園桃李今搖落安得愁中却盡生也草堂本右一篇見洪駒父詩話劉路左車言嘗收得唐人雜篇詩冊有之

○舟泛洞庭一作過洞庭湖

蛟室圍青草龍堆擁一作隱白沙護江一作堤盤古木迎櫂舞神鴉破浪南風正收颿一作回檣一作歸舟畏日斜雲山

照小字寫

結朱喻

千萬疊底處上仙槎[草堂作湖光與天遠直欲泛仙槎]

右洪玉甫云有人得之江中石刻[王直方云此老杜過洞庭湖詩也潘淳云元豐中有人得此詩刻于洞庭湖中不載名氏以示山谷山谷曰子美作也今蜀本已收入]

李鹽鐵二首[後一首題云李監宅在第九卷中]

落葉[一作華館]春風起高城烟霧開雜花分戶映嬌燕入簷回一見能傾產[一作座]虛懷只愛才鹽官雖絆驥名是漢庭來

織婿有之

只字無當

深字擇未確

長吟

江渚飜鷗戲官橋帶柳陰江飛競渡日草見踏春草堂作青心已撥形骸累眞爲爛熳深賦詩歌草堂作新句穩不免一作覺自長吟

足見詩句到穩大非易事

絕句九首前六首在十三卷中

聞道巴山裏春船正好行都將百年興一望九江城草堂本云行趁作還城趁作山

水檻溫江口茅堂石笋西移船先主廟洗藥浣沙草堂

有情致

溪作花

設一作謾道春來好狂風大放顛吹一作飛花隨水去翻

却釣魚船

右謝克家任伯題云右五詩得盛文肅家故書中猶是吳越錢氏時人所傳格律高妙其爲少陵不疑詩說雋永晁氏嘗於中壺緘綫纊夾中得吳越人寫本杜詩諱流字之類乃盛文肅故書也如日出籬東水等絶句六首乃九首其一云漫道春來好云云

草堂詩箋逸詩拾遺

瞿唐懷古見吳若本又見英華

西南萬壑注勍敵兩崖開地與山根裂江從月窟來削成當白帝空曲隱陽臺疏鑿功雖美陶鈞力大哉

送司馬入京見吳若本

羣盜至今日先朝忝從臣歎君能戀主久客羨歸秦黃閣長司諫丹墀有故人向來論社稷爲話涕沾巾

惜別行送劉僕射判官見陳浩然本又見英華

閬道南行市駿馬不限疋數軍官一作中須襄陽幕府

天下畀主將儉省憂艱虞祇收壯健勝鐵甲豈因格
鬬求龍駒而今西北自反胡騏驎蕩盡一疋無龍媒
真種在帝都子孫永落西南隅向非戎事備征伐君
肯辛苦越江湖江湖凡馬多顦顇衣冠往往乘蹇驢
梁公富貴於身疎號令明白人安居俸錢時散士子
盡府庫不爲驕豪虛以茲報主寸心赤氣却西戎廻
亦滯亦澁
北狄羅網羣馬籍（一作鳥藉）馬多氣在（一作用）驅馳出金帛
劉侯奉使光推擇滔滔才略滄溟窄杜陵老翁秋繫

船扶病相識長沙驛强梳白髮提胡盧手把（一作兼）菊花路旁摘九州兵革浩茫茫三歎聚散臨重陽當杯對客忍流涕（一作涕淚）君（一無此字）不覺老夫神內傷

呀鶻行（見陳浩然本又見英華）

病鶻孤（陳作卑）飛俗眼醜每夜江邊宿衰柳清秋落日（英華作月）已側身過雁歸鴉錯迴首緊腦雄姿迷所向疎翮稀毛不可狀强神迷復皁雕前俊才早在蒼鷹上風濤颯颯寒山陰熊羆欲蟄（一作縶）龍虵深念爾此時

真率別是一格開中晚多少法門○元白張王都領此派人倫天性之間發得風騷

有一擲失聲濺血非其心

狂（一作短）歌行贈四兄（見陳浩然本又見英華）

與兄行年校一歲賢者是兄愚者弟兄將富貴等浮雲弟切功名好權勢長安秋雨十日泥我曹鞴馬聽晨雞公卿朱門未開鎖我曹已到肩相齊吾兄睡穩方舒膝不襪不巾踏曉日男啼女哭莫我知身上須繒腹中實今年思我來嘉州嘉州酒重（一作香）花繞（一作滿）樓樓頭吃酒樓下臥長歌短詠（一作歌）還相酬四時

八節還拘禮女拜弟妻男拜弟幅巾鞶帶不挂身頭脂足垢何曾洗吾兒吾兒巢許倫一生喜怒長任眞日斜枕肘寢已熟啾啾喞喞爲何人浩然本作何爲人

右五篇乃蘇州太守裴煜如晦所收見舊集補遺

逃難見陳浩然本

五十頭白翁南北逃世難疏布纏枯骨奔走苦不暖叶去聲已衰病方入四海一塗炭乾坤萬里內莫見容身畔妻孥復隨我回首共悲歎故國莽丘墟鄰里各

分散歸路從此迷涕盡湘江岸

淺露是贗本

寄高適

楚隔乾坤遠難招病客魂詩名惟我共世事與誰論

自負語

北闕更新主南星落故園定知相見日爛熳倒芳尊

送靈州李判官

羯胡腥四海回首一茫茫血戰乾坤赤氛迷日月黃

將軍專策略幕府盛材良近賀中興主神兵動朔方

與嚴二郎奉禮別

關心二句未甚喻

別君誰暖眼將老病纏身出涕同斜日臨風看去塵
商歌還入夜巴俗自爲鄰尙媿微軀在遥聞盛禮新
山東羣盜散闕下受降頻諸將歸應盡題書報旅人

巴西驛亭觀江漲呈竇使君二首

轉驚波作怒卽恐岸隨流賴有盃中物還同海上鷗
關心小剡縣傍眼見揚州爲接情人飲朝來減半一作片愁
向晚波微一作猶綠連空岸脚青日兼春有暮愁與醉

無醒漂泊猶杯酒躊躇此驛亭相看萬里外同是一浮萍

遣憂

亂離知又甚消息苦難真受諫無今日臨危憶古人顧作傷故臣紛紛乘白馬攘攘著黃巾隋氏留顧作營宮室焚燒何太頻

亦字不妨

非少陵那得辦此

早花

倔著便是

西京安穩未不見一人來臘日月一作巴江曲山花已

自開盈盈當雪杏艷艷待春香一作梅直苦風塵暗誰憂容容一作鬢催

巴山

巴山遇中使云自峽陝一作城來盜賊還奔突乘輿恐未回天寒邵伯樹地闊望仙臺狼狽風塵裏羣臣安在哉

收京

復道收京邑兼聞殺犬戎衣冠却扈從車駕已還宮

尅復成如此安危一作扶持在數公莫令回首地慟哭起悲風

老成憂國結意更深

○巴西聞收宮闕送班司馬入京

聞道收宗廟鳴鑾自陝歸傾都看黃屋正殿引朱衣劍外春天遠巴西勅使稀念君經世亂匹馬向王畿

花底

紫萼扶千蘂黃鬚照萬花忽疑行暮雨何事入朝霞恐是潘安縣堪留衛玠車深知好顏色莫作委泥沙

柳邊　三詩都率爾

只道梅花發，那知柳亦新。枝枝總到地，葉葉自開春。紫燕時翻翼，黃鸝不露身。漢南應老盡，覇上遠愁人。

送竇九歸成都　有味

文章亦不盡，竇子才縱橫。非爾更苦節，何人符大名。讀書雲閣觀，問絹錦官城。我有浣花竹，題詩須一行。

贈裴南部聞袁判官自來欲有按問

塵滿萊蕪甑，堂橫單父琴。人皆知飲水，公輩不偷金。

梁獄書因上一作應作秦臺鏡欲臨獨醒時所嫉羣小謗能深即出黃沙在何須白髮侵使君傳舊德已見直繩心

奉使崔都水翁下峽 亦穩在

無數涪江筏鳴橈總發時別離終不久宗族忽相遺白狗黃牛峽朝雲暮雨祠所過頻問訊到日自題詩

題鄭縣郭三十二明府茅屋壁

江頭且繫船為爾獨相憐雲散灌壇雨春青彭澤田

偁字

白樁曰細總見此老苦心

頻驚適小國一擬問高天別後巴東路逢人問幾賢

遣悶戲呈路十九曹長

江浦雷聲喧昨夜春城雨色動微寒黃鸝並坐交愁（無興趣）濕白鷺羣飛大劇乾晚節漸於詩律細誰家數去酒盃寬惟吾最（一作君醉）愛清狂客百遍相看（一作過）意未闌

隨章留後新亭會送諸君

新亭有高會行子得良時日動映江幕風鳴排檻旗絕葷終不改勸酒（一作醉）欲無詞已墮峴山淚因題零

雨詩

東津送韋諷攝閬州錄事

聞說江山好，憐君吏隱兼。寵行舟遠泛，怯別酒頻添。推薦非承乏，操持必去嫌。他時如按縣，不得慢陶潛。

客舊館

陳迹隨人事，初秋別此亭。重來梨葉赤，依舊竹林靑。風幔何（一作前）時卷，寒砧昨夜聲。無由出江漢，愁緒（一作秋渚）日冥冥。

閬州奉送二十四舅使自京赴任青城

聞道王喬舄名因太史傳如何碧雞使把詔紫微天
秦嶺愁回馬涪江醉泛船青城漫污雜吾舅意淒然

愁坐 著老

高齋常見野愁坐更臨門十月山寒重孤城月水一作水氣昏
葭萌氐種迥左擔犬戎存屯一作終日憂奔走歸期未
敢論

陪鄭公秋晚北池臨眺 通首穩秀

北池雲水闊華館闢秋風獨鶴元依渚衰荷且映空采菱寒刺上踏藕野泥中素檝分曹往金盤小逕通萋萋露草碧片片晚旗紅盃酒霑津吏衣裳與釣翁異方初豔菊故里亦高桐搖落關山思淹留戰伐功嚴城殊未掩清宴已知終何補參卿事一作參軍之歡娛到薄躬

去蜀

五載客蜀郡一年居梓州如何關塞阻轉作瀟湘遊

世（一作萬）事已黃髮殘生隨白鷗安危大臣在不（一作何）必淚長流　清空如話　正是老氣結又得體

○放船

收帆下急水卷幔逐回灘江市戎戎暗山雲淰淰寒　戎戎淰淰故爾出新村荒（一作荒林）無徑入獨鳥怪人看已泊城樓底何曾夜色闌

哭台州鄭司戶蘇少監

故舊誰憐我平生鄭與蘇存亡不重見喪亂獨前途

豪俊何人（一作人誰）在文章掃地無羈遊萬里闊凶問一
年俱白首中原上清秋大海隅夜臺當北斗泉路著
東吳得罪台州去時危棄碩儒移官蓬閣後穀貴沒
四語隔句對上鄭下蘇
潛夫流慟嗟何及銜冤有是夫道消詩興廢心息酒
爲徒許與才雖薄追隨跡未拘班揚名甚盛嵇阮逸
相須會取君臣合寧銓品命殊賢良不必展廊廟偶
然趨勝決風塵際功安造化鑪從容拘（一作詢）舊學慘
淡閟陰符擺落嫌疑久哀傷志力輸俗依綿谷異客

對雪山孤童稚思諸子交朋列友于情乖清酒送望

絕撫墳呼瘧病一作痢餐巴水瘡痍老蜀都飄零迸哭

處天地日榛蕪

右二十七篇朝奉大夫員安宇所收

送王侍御往東川放生池祖席

東川詩友合此贈怯輕爲況復傳宗近空然惜別離

梅花交近野草色向平池儻憶江邊臥歸期願早知

惠義寺送王少尹赴成都得峯字

苒苒谷中寺娟娟林表峯闌干上處遠結構坐來重騎馬行春徑衣冠起晚鐘雲門青寂寂此別惜相從

右二篇見王原叔本

避地

避地歲時晚竄身筋骨勞詩書遂牆壁奴僕且旌旄行在僅聞信此生隨所遭神堯舊天下會見出腥臊

右一篇見趙次翁本題云至德二載丁酉作

惠義寺園送辛員外

朱櫻此日垂朱實郭外誰家負郭田萬里相逢貪握手高才仰望足離筵

又送

雙峯寂寂對春臺萬竹青青照一作送客杯細草留連侵坐軟殘花悵望近人開同舟昨日何由得並馬今朝未擬廻直到綿州始分首江邊樹裏共誰來

右二篇見卞圜本並見吳若本

杜工部集卷十八終

十九
二十

杜工部集卷十九
二十

杜工部集卷十九目錄

表賦記說讚述十五首

東西兩川說

杜工部集卷十九目錄終

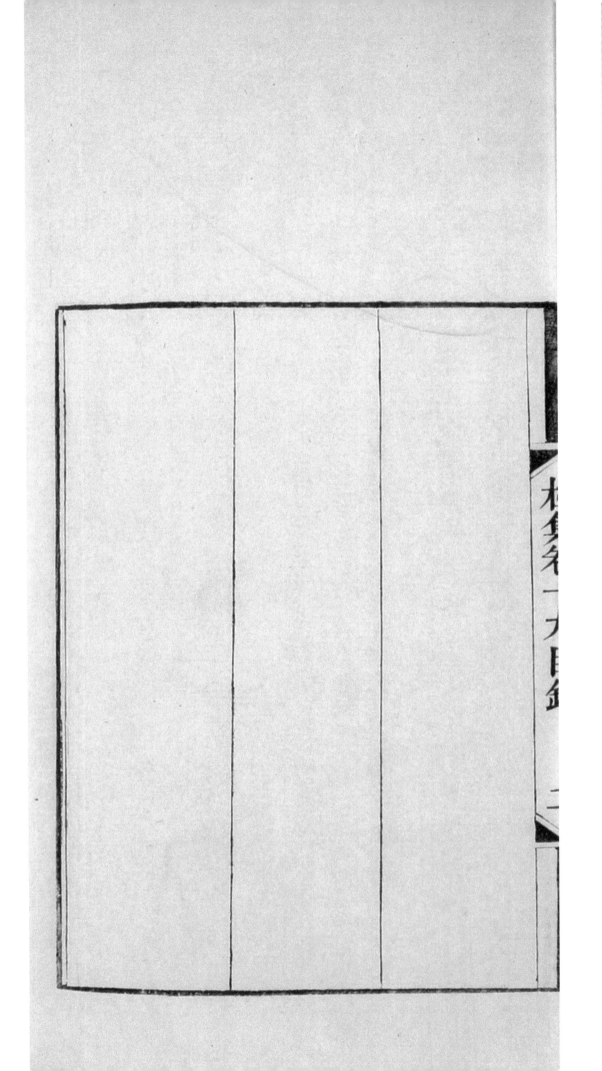

杜工部集卷十九

表賦記說讚述十五首

進三大禮賦表天寶十三年

臣甫言臣生長陛下淳樸之俗行四十載矣與麋鹿同羣而處浪跡吳本作於字陛下豐草長林實自弱冠之年矣豈九州牧伯不歲貢豪俊於外豈陛下明詔不仄席思賢於中哉臣之愚頑靜無所取以此知分沈埋盛時不敢依違不敢激訐默以漁樵之樂自遣而

已頃者賣藥都市寄食朋友（吳作友朋）竊慕堯翁擊壤之謳適遇國家郊廟之禮不覺手足蹈舞形於篇章漱吮甘液游泳和氣聲韻寖廣卷軸斯存抑亦古詩之流希乎述者之意然詞理野質終不足以拂天聽之崇高配史籍以永久恐倐先狗馬遺恨九原謹稽首投延恩匭獻納上表進明主朝獻太清宮朝享太廟有事于南郊等三賦以聞臣甫誠惶誠恐頓首頓首謹言

朝獻太清宮賦

冬十有一月天子既納處士之議承漢繼周革弊用古勒崇揚休明年孟陬將攄大禮以相籍越彝倫而莫儔歷良辰而戒吉分祀事而孔修營室主夫宗廟乘輿備乎冕袞甲子王以昧爽春寒薄而清浮虛閶闔逗蚩尤張猛馬出騰虬捎熒惑墮旄頭風伯扶道雷公挾輈通天台之雙闕警溟漲之十洲浩劫礧砢萬山颼飀欻臻于長樂之舍蒐入乎崑崙之邱太一

奉引庖犧左文梓作在右堯步舜趨禹馳湯驟鬱閟宫之嵂崒圻元氣以經構斷紫雲而竦墻撫流沙而承霤紛隳珠而陷碧燿波錦而浪繡森青冥而欲雨赩光炯而初晝於是翠虯蛾的藻藉舒就祝融擲火以焚香溪女捧盤而盥漱羣有司之望幸辨名物之難究瓊漿自問於粢盛羽客先來於介冑爍聖祖之儲祉敬雲孫而及此詔軒轅使合符敕王喬以視履積昭感于嗣續匪正辭於祝史若肸蠁而有憑肅風飈而

作起揚流蘇於浮柱金英霏而披靡擬雜珮於曾巔孔文粹作芝蓋歙以颯纚中縱縱以迴復外蕭蕭而未已上穆然注道爲身覺天傾耳陳僭號于五代復戰國於千祀曰嗚呼昔蒼生纏孟德之禍爲仲達所愚鑿齒其俗窫窳其孤赤烏高飛不肯止其屋黃龍哮吼不肯負其圖伊神器臬兀而小人呴喻歷紀大破瘡痍未蘇尚攫拏於吳蜀又顛躓於羯胡縱羣雄之發憤一作讀誰一統于亨衢在拓跋與宇文豈風塵之不

殊一作雜比聰虺及堅特渾貔豹而齊驅愁陰鬼嘯落日梟呼各擁兵甲俱稱國都且耕且戰何有何無惟累聖之徽典恭淑慎以允緝茲火土之相生非符讖之備及煬帝終暴叔寶初襲編簡倘新義旗爰入既清國難方覩家給竊以爲數子自誣敢正乎五行攸執而觀者潛晤一作悟或喜至於泣鱗介以之鳴簏昆蚑以之振蟄一作蜩鱗介之鳴簏昆蚑以振蟄感而遂通罔不具集佗神光而徘閶羅詭異以戢晉地軸傾而融曳洞宮

儼以嶷岌九天之雲下垂四海之水皆立鳳鳥威遲而不去鯨魚屈矯以相吸掃太始之合靈卷殊形而可挹則有虹蜺爲鈎帶者入自於東揭莽蒼履崆峒素髮漠漠至精濃濃條弛張於巨細覬披寫於心胸葢修竿無隙而仄席已容裂手中之黑簿睨堂下之金鐘得非擬斯人于壽域明返樸於元蹤忽翳日而翻萬象却浮雲（文粹作空）而留六龍咸讋踣而壯茲應終蒼黄而昧所從上猶色若不足處之彌恭天師張道

陵等洎左元君者前千二百官吏謁而進曰今王巨唐帝之苗裔坤之紀綱土配君服宫尊臣商起數一作數起得統特立中央且大樂在懸黃鐘冠八音之首太昊斯啓青陸獻千春之祥曠哉勤力耳目宜乎大帶斧裳故風后孔甲充其佐山稽岐伯翼其旁至於易制取法足以朝登五帝夕宿三皇信周武之多幸存漢祖之自强且近朝之濫吹仍改卜乎祠堂初降素車終勤恤其後有客白馬固漂淪不忘伊庶人得議

實邦家之光臣道陵等試本之於青簡探之於縹囊列聖有差夫子闖斯於老氏好問自久宰我同科於季康取撥亂返正乃此其所長萬神開八駿迴旗掩月車奮雷鶱七曜燭九垓能事頴脱淸光大來或曰今太平之人莫不優游以自得況是蹴魏踏晉批周抉隋之後與夫一作乎更始者哉

朝享太廟賦

初高祖太宗之櫛風沐雨勞身焦思用黃鉞白旗文梓

作旌者五年而天下始一歷三朝而戮力今庶績之大備上方采庬俗之謠稽正統之類盖王者盛事臣聞之於里曰昔武德已前黔黎蕭條無復生意遭鯨鯢之蕩汨荒歲月而沸渭衮服紛紛朝廷多聞者仍亘乎晉魏臣竊以自赤精之衰歇曠千載而無真人及黃圖之經綸息五行而歸厚地則知至數不可以久缺凡材不可以長寄故高下相形而尊卑各（一作必）異惟神斷繫之於是本先帝取之以義壬辰既格于道

祖乘輿卽以是日致齋于九室所以昭達孝之誠所
以明繼天之質其禮有素六官咸秩大輅每出或黎
元不知豐年則多而筵筥甚實既而太尉參乘司僕
扈蹕望重闈以肅恭順法駕之徐疾公卿淳古士卒
精一默宗廟之愈深祗職司之所密宿羣華於外戶
曙黃屋於通術氣淒淒於前旆光靡靡於嘉栗階有
賓阼帳有甲乙升降之際見玉柱生芝擊拊之初覺
鈞天合律筍簴佗以碣磍干戚宛而婆娑鞉鼓塤篪

爲之主鐘磬竽瑟以之和雲門咸池取之至空桑孤竹貫之多八音脩(一作循)通既比乎旭日昇而氛埃滅萬舞陵亂又似乎春風壯而江海波鳥不敢飛而元甲崤嵺以岳峙象不敢去而鳴珮剡爚以星羅已而上乾豆以登歌美休成之既饗璧玉儲精以稠疊門闢洞豁而森爽黑帝歸寒而激昴蒼靈戒曉而來往熙事弁而克塞羣心虔以振蕩桐花未吐孫枝之鸞鳳相鮮雲氣何多宮井之蛟龍亂上若夫生宏佐命

之道死配貴神之列則殷劉房魏之勳是可以中摩
伊呂上冠夔高代天之工爲人之傑丹青滿地松竹
高節自唐興以來若此時哲皆朝有數四名垂卓絕
向不遇反正撥亂之主君臣父子之別奕葉文武之
雄注意生靈之切雖前輩之溫良寬大豪俊果決曾
何以措其筋力與韜鈐載其刀筆與喉舌使祭則與
食則血若斯之盛而已爾乃直于主索于祊警幽全
之物散純道之精蠢我后常用維時克貞贊以蕭合

酌以茅明蝦以慈告祝以孝成故天意張皇不敢殄其瑞神姦妥帖不敢祕其精而撫（一作無）絶軌亭鴻名者矣于以奏永安于以奏王夏福穰穰於絳闕芳菲菲於玉斝沛枯骨而破聾盲施殀胎而逮鰥寡園陵動色躍在藻之泉魚弓劍皆鳴汗鑄金之風馬霜露堪吸正祥可把會宮歔欷陰事儼雅薄靖輝於鼎湖之山（一作上）靜餘響於蒼梧之野（一作下）上（一本無）窅然漠漠惕然競競紛益所慕若不自勝瞰夘旗而獨立吟

翠駿而未乘五老侍祠而精駭千官遡聽而一作以思凝於是二丞相進曰陛下應道而作惟天與能澆訛散淳樸登尙猶日愼業業孝思烝烝恐一物之失所懼先王之咎徵如此之勤恤匪懈是百姓何以報夫元首在臣等何以克其股肱且如周宣之敎親不暇孝武之淫祀相仍諸侯敢于迫脅方士奮其威稜一則以微言勸內一則以輕舉虛憑又非陛下恢廓緒業其瑣細亦曷足稱丞相退上跼天蹐地援綏登車

伊鴻（文粹作澒）洞槍櫐先出爲儲胥本枝根株乎萬代睿想經緯乎六虛甲午方有事於桑壇紺席宿夫行所如初

有事于南郊賦

恭圭上兆于南郊聿懷多福者舊矣今茲練時日就陽位之美又所以厚祖考通神明而已職在宗伯首崇禋祀先是春官條（文粹作修）頌祗之書獻祭天之紀合泰龜而不昧俟萬事之將履掌交閱氊邸之則封人

考壝宮之旨司門轉致乎牲牢之繫小胥專達乎懸位之使二之日朝廟之禮旣畢天子蒼然覩於無形澹然若有所聽又齋心於宿設將旰食而匪寧旌門坡陁以前鶩轂騎反覆以相經頓曾城之軋軋軼萬戶之熒熒馳道端而如砥浴日上而如萍掣翠旄於華蓋之角彗黃屋於鉤陳之星神仙戍削以落羽魑魅幽憂以固扃戰岐慄華擺渭掉涇地回回而風淅淅天泱泱而氣靑靑甲胄乘陵轉迅雷於荆門巫峽

玉帛清迴霽夕雨於瀟湘洞庭於是乘輿霈然乃作翳夫鸞鳳將至以冲融寥廓不可以彌度聲明通乎純粹溟涬爲之垠堮駟蒼螭而蜿蜒若無骨以柔順奔烏攫而黝蟉徒有勢於殺縛朱輪竟野而杳冥金鍐一作駊成陰以結絡吹堪輿以軒輊一作輴槍寒暑以前却中營宮擁乎太陽宸眷眇臨乎長薄熊羆弭耳以相舐虎豹高跳以虛攫上方將降帷宮之綝縭屏玉軑一作軼以蠼畧入門行馬以以拱乎合沓之塲皮弁

大裘始進於穹崇之幕衝牙鏗鏘以將集周衛轇轕而咸若月窟黑而扶桑寒田燭稠而曉星落肅定位以告潔挈一作譪嚴上而淸超雲菡萏以張蓋春葳蕤以建杓簪裾斐斐樽俎蕭蕭方面曲折周旋寂寥必本於天王宮與夜明相射動而之地山林與川谷俱標於是乎官有御事有職所以敬鬼神所以勤稼穡所以報本反始所以度長立極元酒明水之上越席疏布之側列一作必取先於稻秫麴蘖之勤必取著於

紛純文繡之飾雖三牲八簋豐備以相沿而蒼璧黃琮賓歸乎正色先王之丕業繼起信可以丞其昭配羣望之徧祭在斯示有以明其翼戴由是播其聲音以陳列從乎節奏以進退韶夏濩武釆之於訓謨鏜石陶匏具之於梗槩變方形於動植聽宮徵於砰磕英華發外非因乎筍簴之高和順積中不在乎雷鼓一作霆之大既而膟一作臠膋挂胥柴燎竄塊黷書壁赫葩斜晦潰電纓風升雪颯星碎拂勿侹濙眇溟蒞淬

聖慮岑寂元黃增霈蒼生顒昂毛髮淸籟雷公河伯
咸駱騃以修聳霜女江妃乍紛綸而晻曖執紱秉翟
朱干玉戚鼓瑟吹笙金支翠旌神光倏歛祀事虛明
於是滔滀乎渙汗紆餘乎經營浸朱崖而灑朔漠洶
暘谷而濡若英耆艾涕而童子儛叢棘坼而狴犴傾
是率土之濱覃醻醵以涵泳非奉郊之縣獨宴慰以
縱橫元澤淡泞乎無極般薦綢繆乎至精稽古之時
屢應符而合契聖人有作不逆寡而雄成爾乃孤卿

侯伯雜羣儒三老儼而絶皮軒趨帳殿稽首曰臣聞燧人氏已往法度難知（一作卬）文質未變太昊氏繼天而王根啓閉於厥初以木傳子攄終始而可見洎虞夏殷周茲煥炳而葱蒨秦失之於狼貪蠶食漢綴之以虵斷龍戰中莽茫（一作茫茫）夫何從聖蓄縮曾不下眷伏惟道祖視生靈之磔裂醜害馬之蹄齧呵五精之息肩考正氣之無轍協夫貽孫以降使之造命更挈累聖昭洗中祚觸蹶氣慘黷乎脂夜之妖勢迴薄乎

龍虵之孽伏惟陛下勃然憤激之際天闕（文粹作闘）不敢旅拒鬼神爲之嗚咽高衢騰塵長劍吼血尊卑配宇縣刷插紫極之將頹拾清芬於巳缺鑪以之（一作以之）仁義鍛以之（一作以之）賢哲聯祖宗之耿光卷夷狄之彯撇蓋九五之後人人自以遭唐虞四十年來家家自以爲稷禼王綱近古而不軌天聽貞觀以高揭蠹爾差僭粲然優劣宜其課密於空積忽微刊定於興廢繼絶而後覩數統從首八音六律而惟新日起算外一

字千金而不滅上曰吁昊天有成命一作帝惟五聖以受我其夙夜匪遑寔用素樸以守于嗟乎麟鳳胡爲乎郊藪豈上帝之降鑒及茲元元之垂裕于後夫聖以百年爲鶉鷇道以萬物爲芻狗今何以茫茫臨乎八極眇眇託乎羣后端策拂龜於周漢之餘緩步闊視於魏晉之首斯上古成法蓋其人已杇不足道也於是天子默然而徐思終將固之又固之意不在栁殊方之貢亦不必廣無用之祠金馬碧雞非理人之

術珊瑚翡翠此一物何疑奉郊廟以爲寶增怵惕以孜孜況大庭氏之時六龍飛御之歸

進封西嶽賦表

臣甫言臣本杜陵諸生年過四十經術淺陋進無補於明時退常困於衣食蓋長安一匹夫耳頃歲國家有事於郊廟幸得奏賦待制於集賢委學官試文章再降恩澤乃猥以臣名實相副送隸有司參列選序然臣之本分甘棄置永休望不及此豈意頭白之後

竟以短篇隻字遂曾聞徹宸極一動人主是臣無負於少小多病貧窮好學者已在臣光榮雖死萬足至於仕進非敢望也日夜憂迫伏未知何以上答聖慈明臣子之效況臣常有肺氣之疾恐忽復先草露塗糞土而所懷冥寞孤負皇恩敢攄竭憤懣頌畧丕則作封西嶽賦一首以勸所覬明主覽而留意焉先是御製嶽碑文之卒章曰待余安人治國然後徐思其事此葢陛下之至謙也今茲人安是已今茲國富是

已兆符瑞翕集福應交至何翠華之脉脉乎維嶽固陛下本命以永嗣業維嶽授陛下元弼克生司空斯又不可寢已伏惟天子霈然留意焉春將披圖視典冬乃展采錯事日尚浩闊人匪勞止庶可試哉微臣不任區區懇到之極謹詣延恩匭獻納奉表進賦以聞臣甫誠惶誠恐頓首頓首謹言

封西嶽賦 并序

上既封泰山之後三十年間車轍馬跡至于太原還

于長安時或謁太廟祭南郊每歲孟冬巡幸温泉而已聖主以爲王者之體告厥成功止于岱宗可矣故不肯到崆峒訪具茨驅八駿於崑崙覩射蛟於江水始爲天子之能事壯觀焉爾況行在供給蕭然煩費或至作歌有慙於從官誅求坐殺於長吏甚非主上執元祖醇濃之道端拱御蒼生之意大哉聖哲垂萬代則益上古之君皆用此也然臣甫愚竊以古者疆場有常處贊見有常儀則備乎玉帛而財不匱乏矣

動乎車輿而人不愁痛矣雖東岱五嶽之長足以勒崇垂鴻與山石無極伊太華最爲難上至於封禪之事獨軒轅氏得之矣七十二君罕能兼之矣其餘或躐跆風雲碑版祠廟終幺歷不足追數今聖主功格軒轅氏業纂七十君風雨所及日月所照莫不砥礪華近甸也其可恧乎比歲鴻生巨儒之徒誦古史引時（詔作詩）義云國家土德與黃帝合主上本命與金天合而守闕者亦百數天子寢不報益謙如也頃或詔

厥郡國掃除會巔雖翠崟可薄乎蒼穹而銀字未藏於金氣臣甫誠薄劣不勝區區吟詠之極故作封西嶽賦以勸賦之義預述上將展禮焚柴者實覬聖意因有感動焉爲其詞曰

惟時孟冬百工乃休上將陟西嶽覽八荒御白帝之都見金天之王既刊石乎岱宗又合符乎軒皇茲事體大越不可載已先是禮官草具其儀各有典司俯叶吉日欽若神祇而千乘萬騎已蠖略佁儗屈矯陸

離唯君所之然後拭翠鳳之駕開日月之旗撞鴻鐘發雷輜辨格澤之脩竿決河漢之淋漓彍天狼之威弧隧魍魎之霏霏赤松前驅彭祖後馳方明夾轂昌寓侍衣山靈秉鉞而跟蹡海若護蹕而參差風馭冉以縱⿰山雙雲螭縒而遲蜿地軸軋軋般以下折原濕草木儼而東飛岐梁閃倏涇渭反覆而天府載萬侯之玉尚方具左纛黃屋已焜煌於山足矣乘輿尚鳴鑾輿儲精澹慮華蓋之大角低同北斗之七星皆去屆

◎

蒼山而信宿屯絕壁之清曙既臻夫陰宮犀象硉兀戈鋋悉窣飄飄蕭蕭洶洶如也於是太一抱式元冥司直天子廼宿祓齋就登陟騈素虬超前男天語秘而不可知代欲聞而不可得柴燎上達神光充塞泥金乎菡萏之南刻石乎青冥之北上意由是茫然延降天老與之相識問太微之所居稽上帝之遺則颯弭節以徘徊撫八紘而黝黑忽風翻而景倒澹殊狀而異色同若褰袪開帷下辯宸極者久之雲氣蓊以

廻複山嵼嶫而未息祀事孔明有嚴有翼神保是格時萬時億爾乃駐飛龍之秋秋詔王屬以中休覲羣后於高掌之下張大樂於洪河之州芬樹羽林莽不可收千人舞萬人謳麒麟踆踆而在郊鳳凰蔚跋而來遊雷公伐鼓而揮汗地祇被震而悲愁樂師拊石而具發激越乎遐陬羣山為之相峽萬穴為之倒流又不可得載已久而景移樂闋上悠然垂思曰嗟乎余昔歲封泰山禪梁父以為王者成功已纂終古嘗

覽前史至於周穆漢武豫遊寥闊亦所不取惟此西嶽作鎮三輔非無意乎頃者猶恐百姓不足人所疾苦未暇瘞斯玉帛考乃鐘鼓是以禡嶽於諸侯錫神以茅土豈唯壯設險於甸服報西成之農扈亦所以感一念之精靈答應時之風雨者矣今茲冢宰庶尹醇儒碩生僉曰黃帝顓頊乘龍遊乎四海發軔匝乎六合竹帛有云得非古之聖君而泰華最爲難上故封禪之事鬱没罕聞以余在位發祥隤祉者焉可勝

紀而不得已遂建翠華之旗用塞雲臺之議矧乎殊

方奔走萬國皆至元元從助淸廟歆欲也臣甫舞手

蹈足曰大哉爍乎眞天子之表奉天爲子者已不然

何數千萬載獨繼軒轅氏之美彼七十二君又疇能

臻此蓋知明主聖罔不克正功罔不克成放百靈歸

華淸

進鵰賦表 天寶十三載

臣甫言臣之近代陵夷公侯之貴磨滅鼎銘之勳不

復照曜於明時自先君恕預以降奉儒守官未墜素業矣亡祖故尚書膳部員外郎先臣審言修文於中宗之朝高視於藏書之府故天下學士到于今而師之臣幸賴先臣緒業自七歲所綴詩筆向四十載矣約千有餘篇今賈馬之徒得排金門上玉堂者甚衆矣唯臣衣不益體常寄食於人奔走不暇只恐轉死溝壑安敢望仕進乎伏惟天子（文粹作明主）哀憐之明主（文粹無此二字）儻使執先祖之故事拔泥塗之久辱則臣之

述作雖不足以鼓吹六經先鳴數子至於沈鬱頓挫隨時敏捷而揚雄枚皋之流庶可跂及也有臣如此陛下其舍諸伏惟明主哀憐之無令役役便至於衰老也臣甫誠惶誠恐頓首頓首死罪死罪臣以爲鵰者鷙鳥之殊特搏擊而不可當豈但壯觀於旌門發狂於原隰引以爲類是大臣正色立朝之義也臣竊重其有英雄之姿故作此賦實望以此達於聖聰矣不揆蕪淺謹投延恩匭進表獻賦以聞謹言

鵰賦

當九秋之淒清見一鶚之直上以雄材爲己任橫殺
氣而獨往梢梢勁翮肅肅遺響杳不可追俊無留賞
彼何鄉之性命碎今日之指掌伊鷙鳥之累百敢同
年而爭長此鵰之大畧也若乃虞人之所得也必以
氣稟元冥陰乘甲子河海蕩潏風雲亂起雪沍山陰
氷纏樹死迷向背於八極絕飛走於萬里朝無以充
腸夕違其所止頗愁呼而蹭蹬信求食而依倚用此

時而椽杙待尤者而綱紀表御羽而潛窺順雄姿之所擬剟提來於森木固先繫於利觜解膺攫而竦神開網羅而有喜獻令（文粹作禽）之課數備而已及乎閩隸受之也則擇其清質列在周垣揮拘攣之掣曳挫豪梗之飛翻識畋遊之所使登馬上而孤騫然後綴以珠飾星於至尊搏風槍纍用壯旌門乘輿或幸別館獵平原寒蕪空闊霜仗喧繁觀其夾翠華而上下卷毛血之崩奔隨意氣而電落引塵沙而晝昏豁堵牆

之榮觀棄功効而不論斯亦足重也至如千年孽狐三窟狡兎恃古塚之荆棘飽荒城之霜露廻惑我往來趑趄我場圃雖有青骹戴角白鼻如匏蹙奔蹄而俯臨飛迅翼而遐寓而料全於果見追窣遽屢攬之而頡脫便有若於神助是以嘵哮其音颯爽其纔續下鞲而繚繞尚沒跡而容與奮威逐北施考無據方蹉跎而就擒亦造次而難去一奇卒獲百勝昭著夙昔多端蕭條何處斯又足稱也爾其鴘鵠鶬鴇之倫

莫益於物空生此身聯拳拾穗長大如人肉多奚有味乃不珍輕鷹隼而自若託鴻鵠而爲鄰彼壯夫之慷慨假強敵而逡巡拉先鳴之異者及將起而復文悴作遺臻忽隔天路終辭水濱寧掩羣而盡取且快意而驚新此又一時之俊也夫其降精於金立骨如鐵目逼於腦筋入於節架軒楹之上純漆光芒掣梁棟之間寒風凜冽雖趾蹻千巒林嶺萬穴擊叢薄之不開突杈枒而皆折又有觸邪之義也久而服勤是可吁

畏必使烏攫之黨罷鈔盜而潛飛梟怪之羣想英靈而虛墜豈非虛陳其力叨竊其位等摩天而自安與槍榆而無事者矣故不見其用也則晨飛絕壑暮起長汀來雖自負去若無形置巢巘梟養子青冥倏爾年歲茫然闕廷莫試鉤爪空廻斗星衆鶵儻割鮮於金殿此鳥已將老於巖扃

天狗賦 并序

天寶中上冬幸華清宮甫因至獸坊怪天狗院列在

諸獸院之上胡人云此其獸猛健一作捷無與比者甫

壯而賦之向恨其與凡獸相近

澹華淸之莘莘漠漠而山殿戍削縹與天風崛乎廻薄上揚雲旓兮下列猛獸夫何天狗嶙峋兮氣獨神秀色似狻猊小如猿狖忽不樂雖萬夫不敢前兮非胡人焉能知其去就向若鐵柱欹而金鏁斷兮事未可救瞥流沙而歸月窟兮斯豈逾晝日食君之鮮肥兮性剛簡而淸瘦敏於一擲威解兩鬬終無自私必

不虛透嘗觀乎副君暇豫奉命于畋則蚩尤之倫已
腳渭戟涇提挈邱陵與南山周旋而慢圍者戮實禽
有所窮伊應隼之不制兮呵犬豹以相纏蹙乾坤之
翕習兮望麋鹿而飄然由是天狗撻來發自於左頓
六軍之蒼黃兮劈萬馬以超過材官未及唱野虞未
及和同髀矢與流星兮圍要害而俱破洎干蹄之迸
集兮始拗怒以相賀眞雄姿之自異兮已歷塊而高
卧不愛力以許人兮能絶甘以爲大旣而羣有嗷咋

勢爭割據垂小亡而大傷兮翻投跡以來預劃雷殷
而有聲兮紛膽破而何遽似爪牙之便禿兮無魂魄
以自助各弭耳低徊閉目而去每歲天子騎白日御
東山百獸蹴蹌以皆從兮四猛仡銛銳乎其間夫靈
物固不合多兮胡役役隨此輩而往還惟昔西域之
遠致兮聖人爲之豁迎風虛露寒體蒼螭軋金盤初
一顧而雄材稱是兮召羣公與之俱觀宜其立閶闔
而吼紫微兮却妖孽而不得上于時駐君之玉輦兮

近奉君之渥歡使臭處而誰何兮備周垣而辛酸彼用事之意然兮匪至尊之賞闕仰千門之崚嶒兮覺行路之艱難懼精爽之衰落兮驚歲月之忽殫顧同儕之甚少兮混非類以摧殘偶快意於棱獵兮尤見疑於蹻捷此乃獨步受之於天兮孰知羣材之所不接且置身之暴露兮遭縱觀之稠疊俗眼空多生涯未愜吾君儻憶耳尖之有長毛兮寧久被斯人終日馴狎已

唐興縣客館記

中興之四年王潛爲唐興宰修厥政事始自鰥寡惸獨而和其封內非侮循循不畏險膚而行而一咨于官屬于羣吏于衆庶曰邑中之政庶幾繕完矣惟賓館上漏下濕吾人猶不堪其居以容四方賓賓其謂我何改之重勞我其謂人何咸曰誕事至濟厥載則達觀于大壯作之閈閎作之堂構以永圖崇高廣大踰越傳舍通梁直走嵬將墜壓素柱上承安若泰山

雨傷序開發洩霜露潛靚深矣步欄複霤萬瓦在後匪丹雘爲實疏達爲廻廊南注又爲覆廊以容介行人亦如正館制度小劣直左階而東封殖修竹茂樹挾右階于南環廊又注亦可以行步風雨不易謀而集事邑無妨工亦無匱財人不待子來定不待方中矣宿息井樹或相爲賓或與之毛天子之使至則曰邑有人焉某無以栗階州長之使至則曰某非敢賓也子無所用俎四方之使至則曰子覜某多矣敢辭

贊或曰明府君之修也何以爲人皆曰我公之爲人也何以修子徒見賓館之近夫厚不知其私室之甚薄器物未備力取諸私室人民不知賦斂乃至於館之醯醢闕出於私廚使之乘駟闕辦於私廄君豈爲亭長乎是躬親也若館宇不修而觀臺榭是好賓至無所納其車我浩蕩無所措手足獲高枕乎其誰不病吾人矣玼瑕忽生何以爲之是道也施舍不幾乎先覺矣杖之友朋歎曰美哉是館也成人不知人不

怒解署之福也府君之德也府君曰古有之也非吾有也余何能爲是亦前州府君崔公之命也余何能爲是自辛丑歲秋分大餘二小餘二千一百八十八杜氏之老記已

說旱

初中丞嚴公節制劍南日奉此說

周禮司巫若國大旱則率巫而舞雩傳曰龍見而雩謂建巳之月蒼龍宿之體昏見東方萬物待雨盛大故祭天遠爲百穀祈膏雨也今蜀自十月不雨月旅

建卯非雩之時奈久旱何得非獄吏只知禁繫不知疏決怨氣積寃氣盛亦能致旱是何川澤之乾也塵霧之塞也行路皆菜色也田家其愁痛也自中丞下車之初軍郡之政罷弊之俗已下手開濟矣百事冗長者又以革削矣獨獄囚未聞處分豈次第未到爲獄無濫繫者乎穀者百姓之本百役是出況冬麥黄枯春種不入公誠能暫輟諸務親問囚徒除合死者之外下筆盡放使囹圄一空必甘雨大降但怨氣消

則和氣應矣躬自疏決請以兩縣及府繫爲始管內
東西兩川各遣一使兼委刺史縣令對巡使同疏決
如兩縣及府等四例處分衆人之望也隨時之義也
昔貞觀中歲大旱文皇帝親臨長安萬年二赤縣決
獄膏雨滂足即岳鎮方面歲荒札皆連帥大臣之務
也不可忽凡今徵求無名數又耆老合侍者兩川侍
丁得異常丁乎不殊常丁賦歛是老男老女死日短
促也國有養老公遽遣吏存問其疾苦亦和氣合應

之義也時雨可降之徵也愚以爲至仁之人常以正道應物天道遠去人不遠

畫馬贊

韓幹畫馬毫端有神驊騮老大騕褭清新魚目瘦腦龍文長身雪垂白肉風蹷蘭筋逸態蕭疎高驤縱恣四蹄雷雹一日天地御者閑敏去何難易愚夫乘騎動必顛躓瞻彼駿骨實惟龍媒漢高燕市已矣茫哉但見駑駘紛然往來良工惆悵落筆雄才穆天子傳飛兎騕褭

日馳三萬里

雜述

杜子曰凡今之代用力爲賢乎進賢爲賢乎進賢賢乎則魯之張叔卿孔巢父二才士者聰明深察博辯閎大固必能伸於知已合聞不已任重致遠速於風飈也是何面目黧黑常不得飯飽喫（一作飽飯喫）曾未如富家奴茲敢望縞衣乘軒乎豈東之諸侯深拒於汝乎豈新令尹之人未汝之知也由天乎有命乎雖岑

子薛子引知名之士月數十百塡爾逆旅請誦詩浮名耳勉之哉勉之哉夫古之君子知天下之不可蓋也故下之知衆人之不可先也故後之嗟乎叔卿遺辭工於猛健放蕩似不能安排者以我爲聞人而已以我爲益友而已叔卿靜而思之嗟乎巢父執雌守常吾無所贈若矣泰山冥冥崒以高泗水潾潾瀰以清悠悠友生復何時會于王鎬之京載飲我濁酒載呼我爲兄

秋述

秋杜子臥病長安旅次多雨生魚靑苔及楊常時車馬之客舊雨來今雨不來昔襄陽龐德公至老不入州府而楊子雲草玄寂寞多爲後輩所褻近似之矣嗚呼冠冕之窟名利卒卒雖朱門之塗泥士子不見其泥矧抱疾窮巷之多泥乎子魏子獨踽踽然來汗漫其僕夫夫又不假葢不見我病色適與我神會我棄物也四十無位子不以官遇我知我處順故也子

挺生者也無矜色無邪氣必見用則風后力牧是已於文章則子游子夏是已無邪氣故也得正始故也噫所不至於道者時或賦詩如曹劉談話及衛霍豈少年壯志未息俊邁之機乎子魏子今年以進士調選名隸東天官告余將行旣縫裳旣聚粮東人怵惕筆札無敵謙謙君子若不得已知祿仕此始吾黨懲乎無遮而止

東西兩川說

聞西山漢兵食糧者四千人皆關輔山東勁卒多經河隴幽朔教習慣於戰守人人可用兼羌堪戰子弟向二萬人實足以備邊守險脫南蠻侵掠邛雅子弟不能獨制但分漢勁卒助之不足撲滅是吐蕃馮陵本自足支也權量西山邛雅兵馬卒叛援形勝明矣頃三城失守罪在職司非兵之過也糧不足故也今此輩見闕兵馬使八州素歸心於其世襲刺史獨漢卒自屬裨將主（一作帥）之竊恐備吐蕃在羌漢兵小昵

而釁隙隨之矣況軍須不足姦吏減剋未已哉愚以
爲宜速擇偏裨主之主之勢明其號令一其刑賞申
其哀恤致其驩忻宜先自羌子弟始自漢兒易解人
意而優勸旬月大浹洽矣仍使兵羌各繫其部落刺
史得自教閱都受統於兵馬使更不得使八州都管
或在一羌王或都關一世襲刺史是羌之豪族發源
有遠近世封有豪家紛然聚藩落之議於中肆與奪
之權於外己然則備守之根危矣又何以藉其爲本

式遏雪嶺之西哉比羌旅封王者初以拔城之功得今城失矣襲王如故總統未已余諸董攘臂何王尹之獄是矣由策嗣羌王闕王氏舊親西董族最高怨望之勢然矣誠於此時便宜聞上使各自統領不須王區分易制然後都靜聽取別於兵馬使不益元戎氣壯部落無語或縱一部落怨獲羣部落喜矣無爽如此處分豈惟卭南不足憂八州之人願賈勇復取三城不日矣幸急擇公所素諳明了將正色遣之獠

賊內編屬自久數擾背亦自久徒惱人耳憂慮益不至大昨聞受鐵券爵祿隨之今聞已小動爲之奈何若不先招諭也穀貴人愁春事又起緣邊耕種即發精卒討之甚易恐賊星散於窮谷深林節度兵馬但驚動緣邊之人供給之外未見免劫掠而還負其地豪族兼有其地而轉富蜀之土肥無耕之地流冗之輩近者交互其鄉村而已遠者漂寓諸州縣而已實不離蜀也大抵秖與兼并豪家力田耳但鈞畝薄斂

則田不荒以此上供王命下安疲人可矣豪族轉安是否非蜀仍禁豪旅受貨罷人田管內最大誅求宜約富家辦而貧家創痍已深矣今富兒非不緣子弟職掌盡在節度衙府州縣官長手下哉村正里一作雖見面不敢示文書取索非不知其家處獨知貧兒家處兩川縣令刺史有權攝者須盡罷免苟得賢良不在正授權在進退聞上而已

杜工部集卷十九終

杜工部集卷二十目錄

杜工部集卷二十目錄

杜工部集卷二十

策問文狀表碑誌十七首

乾元元年華州試進士策問五首

問山林藪澤之地各以肥磽多少爲差故供甲兵士徒之役府庫賜與之用給郊廟宗社之祀奉養祿食之出辨乎名物存乎有司是謂公賦知歸地著不撓者已今聖朝紹宣王中興之洪業于上庶尹備山甫補袞之能事于下而東寇猶小梗卒士未甚闕總彼

賦稅之獲盡贍軍旅之用是官御之舊典闕矣入神之攸序乖矣欲使軍旅足食則賦稅未能充備矣欲將誅求不時則黎元轉罹于疾苦矣子等以待問之實知新之明觀志氣之所存於應對乎何有佇渴救弊之遠術願聞強學之所措意道在此矣得游說乎

問國有輶車廬有飲食古之按風俗遣使臣在王官之一守得馳傳而分命盡地有要害郊有遠近供給之比省費相懸今茲華惟襟帶關逼輦轂行人受辭

於朝夕使者相望於道路屬年歳無蓄積之虞職司
有愁痛之歎況軍書未絶王命急宣插羽先翥於騰
驤敝帷不供於埋馬豈芻粟之勤獨爾實驂騑之價
闕如人主之軫念屢及於茲邦伯之分憂何嘗敢怠
乞恩難再近日已降水衡之錢積骨頗多無暇更八
燕王之市欲使輶軒有喜主客合宜閭閻罷杼軸之
嗟官吏得從容之計側佇新語當聞濟時
問通道陂澤隨山濬川經啓之理疏奠之術抑有可

觀其來尚矣劭聖人盡力溝洫有國作爲隄防洎後代控引淮海漕通涇渭因舟楫之利達倉庾之儲又賴此而殷亦行之自久近者有司相土決彼支渠旣潰渭而亂河竟功多而事寢人實勞止岸乃善崩遂使委輸之勤中道而棄今軍用益寡國儲未贍雖遠方之粟大來而助挽之車不給是以國朝仗彼天使徵茲水工議下淇園之竹更鑿商顏之井又恐煩費居多績用莫立空荷成雲之鍤復擁塡淤之泥若然

則舟車之用大小相妨矣軍國之食轉致或闕矣矧夫人烟尚稀牛力不足者已子等飽隨時之要挺賓王之資副乎求賢敷厥讜議

問足食足兵先哲雅誥蓋有兵無食是謂棄之致能掉鞅靡旌斯可用矣況寇猶作梗兵不可去日聞將軍之令親覩司馬之法關中之卒未息灞上之營何遠近者鄭南訓練城下屯集瞻彼三千之徒有異什一而稅竊見明發教以戰鬬亭午放其庸保課乃菽

麥以爲尋常夫悅以使人是能用古伊歲則云暮實廬休止未卜及瓜之還吏比翳桑之餓羣有司自救不暇二三子謂之何哉

問昔唐堯之爲君也則天之大敬授人時十六升自唐侯者已昔帝舜之爲臣也舉禹之功克平水土三十登爲天子者已本之以文思聰明加之以勞身焦思既睦九族協和萬邦黜去四凶舉十六相故五帝之後傳載唐虞之美無得而稱焉易曰君子終日乾

乾詩曰文王小心翼翼竊觀古人之聖哲未有不以
君唱於上臣和於下致乎人和年豐成乎無爲而理
者也主上躬純孝之聖樹非常之功內則拳拳然事
親如有闕外則悸悸然求賢如不及伊百姓不知帝
力庶官但恭已而已寇孽未平皆徼之至數也倉廩
未實物理之固然也今大軍虎步列國鶴立山東之
諸將雲合淇上之捷書日至二三子議論引正詞氣
高雅則遺祲盪滌之後聖朝砥礪之辰雖遭明主必

致之於堯舜降及元輔必要之於稷禹驅蒼生於仁壽之域反淳樸於羲皇之上自古哲主立極大臣爲體眇然坦途利往何順予有說否庶復見予之志豈徒瑣瑣射策趨競一第哉頃之問孝廉取備尋常之對多忽經濟之體考諸詞學自有文章在東以徵事曷成凡例焉今愚之粗徵貫切時務而已夫時患錢輕以至於量貲幣權子母代復改鑄或行乎前榆莢後契刀當此之際百姓蒙利厚薄何人所制輕重又

穀者所以阜俗康時聚人守位者也下至十室之邑必有千鍾之藏苟凶穰以之貴賤失度雖封丞相而猶困侯大農而謂何是以繼絶表微無或區分踰越蒙實不敏仁遠乎哉

前殿中侍御史柳公紫微仙閣畫太一天尊圖文

石鼈老放神乎始清之天遊目乎浩劫之家洽洽然馭乎風熙熙然登乎臺進而俯乎寒林退而極乎延

閣見龍虎日月之君亘于疎梁塞于高壁骨者鬣者皙者黝者視遇之間若寇嚴敵者已伊四司五帝天之徒青節崇然綠輿駢然仙官洎鬼官無央數衆陽者近陰者遠俱浮空不定目所向如一葢知北闕帝君之尊端拱侍衛之內於天上最貴矣已而左元之屬吏三洞弟子某進曰經始繢事前柱下史河東柳涉職是樹善損於而家憂於而國剝私室之匱渴蒸人之安志所至也請梗槩帝君救護之慈朝拜之功

曰若人存思我主籙生之根死之門我則制伏妖之與毒之騰凡今之人反側未濟柳氏柱史也立乎老君之後獲隱嘿乎忍塗炭乎先生與道而遊與學而遊可上以昭太一之威神于下下以昭柱史之告訴于上玉京之用事也率土之發祥也惡乎寢而庸詎仰而先生藐然若往頽然而止曰噫夫鳥亂於雲魚亂於河獸亂於山是畢弋鈎罟削格之智生是機變邀退攫拾之智極故自黃帝已下干戈崢嶸流血不

乾骨蔽平原垂氣橫放淳風不返雖書載蠻夷率服
詩稱徐方大來許其慕中夏與夫容成中央氏尊盧
氏輩結繩而已百姓至死不相往來茲茂德囿矣矧
賢主趣之而不及庸主聞之而不曉浩穰崩蹙數千
古哉至使世之仁者蒿目而憂世之患有是夫今聖
主誅干紀康大業物尚疵癘戰爭未息必撥當時之
變日愼一日衆之所惡與之惡衆之所善與之善動
有司寬政去禁問疾薄斂修其土田險其走集以此

馭賊臣惡子自然百祥攻百異有漸天下洶洶何其撓哉已登乎種種之民舍夫啍啍之意是巍巍乎北闕帝君者肯不乘道腴卷黑簿詔北斗削死南斗注生與夫圓首方足施及乎蠢蠕之蟲肖翹之物盡驅之更始何病乎不得如昔在太宗之時哉石鼈老畢辭三洞弟子某又某靜如得動如失久而却走不敢貳問

祭故相國清河房公文

維唐廣德元年歲次癸卯九月辛丑朔二十二日壬戌京兆杜甫敬以醴酒茶藕蓴鯽之奠奉祭故相國清河房公之靈曰嗚呼純朴既散聖人又殁苟非大賢孰奉天秩唐始受命羣公間出君臣和同德教充溢魏杜行之夫何畫一婁宋繼之不墜故實百餘年間見有輔弼及公八相紀綱已失將帥干紀烟塵犯闕王風寢頓神器圮裂關輔蕭條乘輿播越太子卽位揖讓倉卒小臣用權尊貴倏忽公實匡救忘餐奮

發累抗直詞空聞泣血時遭祲沴國有征伐車駕還
京朝廷就列盜本乘弊誅終不滅高義沈埋赤心蕩
折貶官厭路讒口到骨致君之誠在困彌切天道闊
遠元精茫昧偶生賢達不必濟會明明我公可去時
代賈誼慟哭雖多顛沛仲尼旅人自有遺愛二聖崩
日長號荒外後事所委不在臥內因循寢疾憔悴無
悔死矢泉塗激揚風槩天柱既折安仰翊戴地維則
絕安放夾載豈無羣彥我心忉忉不見君子逝水滔

滔泄涕寒谷吞聲賊壕有車爰送有紼爰操撫墳日落脫劍秋高我公戒子無作爾勞斂以素帛付諸蓬蒿身瘞萬里家無一毫數子哀過他人鬱陶水漿不入日月其慆州府救喪一二而已自古所歎罕聞知已曩者書札望公再起今來禮數爲態至此先帝松柏故鄉枌梓靈之忠孝氣則依倚拾遺補闕視見所履公初罷印人實切齒甫也備位此官蓋薄劣耳見時危急敢愛生死君何不聞刑欲加矣伏奏無成終

身愧恥乾坤慘慘豺虎紛紛蒼生破碎諸將功勳城邑自守鼙鼓相聞山東雖定灞上多軍憂恨展轉傷痛氤氳元豈正色白亦不分培塿滿地崑崙無羣致祭者酒陳情者文何當旅櫬得出江雲嗚呼哀哉尚饗

爲遺補薦岑參狀

宣議郎試大理評事攝監察御史賜緋魚袋岑參右

臣等竊見岑參識度清遠議論雅正佳名早立時輩

所仰今諫諍之路大開獻替之官未備恭惟近侍實

藉茂材臣等謹詣閤門奉狀陳薦以聞伏聽進止

至德二載六月十二日左拾遺內供奉臣裴薦等

狀

右拾遺內供奉臣孟昌浩

右拾遺內供奉臣魏齊聃

左拾遺內供奉臣杜　甫

左　補　闕臣韋少遊

奏謝口勅放三司推問狀

右臣甫智識淺昧向所論事涉近激訐違忤聖旨旣下有司具已舉劾甘從自棄就戮爲幸今日巳時中書侍郎平章事張鎬奉宣口勅宜放推問知臣愚戇舍臣萬死曲成恩造再賜骸骨臣甫誠頑誠蔽死罪死罪臣以陷身賊庭憤惋成疾實從間道獲謁龍顏猾逆未除愁痛難過猥厠衮職願少裨補竊見房琯以宰相子少自樹立晚爲醇儒有大臣體時論許琯

必位至公輔康濟元元陛下果委以樞密衆望甚允
觀瑄之深念主憂義形於色況書一保大素所蓄積
者已而瑄性失於簡酷嗜鼓琴董庭蘭今之琴工遊
瑄門下有日貧病之老依倚爲非瑄之愛惜人情一
至於玷汙臣不自度量歎其功名未垂而志氣挫衄
覬望陛下棄細錄大所以冒死稱述何思慮始竟闕
於再三陛下貸以仁慈憐其懇到不書狂狷之過復
解網羅之急是古之深容直臣勸勉來者之意天下

幸甚天下幸甚豈小臣獨蒙全軀就列待罪而已無任先懼後喜之至謹詣閤門進狀奉謝以聞謹進

至德二載六月一日宣議郎行左拾遺臣杜甫狀

進爲華州郭使君進滅殘寇形勢圖狀

右臣竊以逆賊束身檻中奔走無路偷假餘息蟻聚苟活之日久陛下猶覬其犄角相率降欵盡至廣務寬大之本用明惡殺之德故大軍雲合蔚然未進上以稽王師有征無戰之義下以成古先聖哲之用心

玆事元遠非愚臣所測臣聞易載隨時不俟終日先
王之用刑也抑亦小者肆諸市朝大者陳諸原野今
殘孽雖窮蹙日甚自救不暇倘慮其逆師望秋高馬
肥之便蓄突圍拒轍之謀大軍不可空勤轉輸之粟
諸將宜窮犄角之進頃者河北初收數州思明降表
繼至實爲平盧兵馬在賊左脅賊動靜之利制不由
已則降附可知今大軍盡離河北逆黨意必寬縱若
萬一軼略河縣草竊秋成臣伏請平盧兵馬及許叔

冀等軍鄆州西北渡河先衝收魏或近軍志避實擊
虛之義也伏惟陛下圖之遣李銑殷仲卿孫青漢等
軍邐迤渡河佐之收其貝博賊之精鋭撮在相魏衛
之州賊用仰魏而給賊若抽其鋭卒渡河救魏博臣
則請朔方伊西北庭等軍渡沁水收相衛賊若迴戈
距我兩軍臣又請郭口祁縣等軍驀嵐馳屯據林慮
縣界候其形勢漸進又遣李廣琛魯炅等軍進渡河
收黎陽臨河等縣相與出入犄角逐便撲滅則慶緒

之首可翹足待之而已是亦恭行天罰豈在王師必無戰哉愚臣聞見淺狹承乏待罪未精愼固之守輕議擒縱之術抑臣之夢寐貴有裨補謹進前件圖如狀伏聽進止乾元元年七月日某官臣狀進

爲夔府柏都督謝上表

臣某言伏奉月日制授臣某官祗拜休命內顧殞越策駑馬之力冒累踐之寵自數勳力萬無一稱再三怵惕流汗至踵謹以某月日到任上訖臣某誠戰誠

懼頓首頓首死罪死罪伏以陛下君父任使之久掩

臣子不逮之過就其小効復分深憂察臣劍南區區

恐失臣節如彼加臣頻煩階級鎮守要衝如此勉勵

疲鈍伏揚陛下之聖德愛惜陛下之百姓先之以簡

易間之以樂業均之以賦斂終之以敦勸然後畢禁

將士之暴宏洽主客之宜示以刑典難犯之科寬以

困窮計無所出哀今之人庶古之道內救惸獨外攘

師寇上報君父曲盡庸拙之分下循臣子勤補失墜

之目灰粉骸骨以備守官伏惟恩慈胡忍容易愚臣之願也明主之望也限以所領未遑調對無任兢灼之極謹遣某官奉表陳謝以聞臣誠喜誠懼死罪死罪

唐故德儀贈淑妃皇甫氏神道碑

后妃之制古矣而軒轅氏帝嚳氏次妃之跡最有可稱存乎舊史然則其義隱其文畧周禮王者內職大備而陰教宣詩人關雎風化之始樂得淑女蓋所以

敎本古訓發皇婦道居具燕寢之儀動有環珮之節
進賢才以輔佐君子不淫色以取媚閨房雖彤管之
地功過必紀而金屋之寵流宕一揆稽女史之華實
嗣嬪則之淸高亦時有其人偉夫精選淑妃諱字一作
某姓皇甫氏其先安定人也唯禹封商於赫有光伊
元祖樹德於今不忘必宋之子莫之與比伊淸風繼
代惠此餘美夫其系緒蕃衍紱冕所興列爲公侯古
有皇父充石則其宗可知也夫其體元消息經術之

美刋正帝圖中有元晏先生則其家可知矣嗟乎我有奕葉承權輿矣我有徽猷展蕭雍矣積羣玉之氣自對白虹之天生五色之毛不離丹鳳之穴曾祖烜皇朝宋州刺史祖粹皇朝越州刺史都督諸軍事父日休皇朝左監門衛副率妃則副率府君之元女也粤在襁褓體如冰雪氣象受於天和詩禮傳乎胎教故列我開元神武之嬪御者豈易其容止法度哉今上昔在春宮之日詔諸良家女擇視可否充備淑哲

太妃以內秉純一外資沈靜明珠在蚌水月鮮白美玉處石崖岸津潤結藹而金印相輝同輦而翠旗交影由是恩加婉順品列德儀雖掖庭三千爵秩十四掩六宮以取俊超羣女以見賢豈渥澤之不流會是不敢以露才揚己卑以自牧而已夫如是言足以厚人倫化風俗彌縫坤載之失夾輔元亨之求嗚呼彼蒼也常與善何有初也不久好奈何況妃亦既遘疾怙如慮往上以之服事最舊佳人難得送藥必經于

御手見寢始廻于天步月氏使者空說返魂之香漢帝夫人終痛歸來之像以開元二十三年歲次乙亥十月癸未朔薨于東京某宮院春秋四十有二嗚呼哀哉望景向夕澄華微陰風驚碧樹霧重青岑天子悼履綦之蕪絕惜脂粉之凝冷下麟鳳之銀床到梧桐之金井嗚呼哀哉厥初權殯于崇政里之公宅後詔以某月二十七日己酉卜葬於河南縣龍門之西北原禮也制曰故德儀皇甫氏贊道中壼肅事後庭

孰云疾疢奄見凋落永言懿範用愴于懷宜登四妃之列式旌六行之美可册贈淑妃喪事所須並宜官供河南尹李適之充使監護非夫淸門華胄積行累功亭于王者之有始有卒介于嬪御之不僭不濫是何存榮歿哀視有遇之多也有子曰鄂王諱瑤兼太子太保使持節幽州大都督事有故在疢而卒豈無樂國今也則亡匪降自天云何吁矣有女曰臨晉公主出降代國長公主子滎陽潛曜官曰光祿卿爵曰

駙馬都尉昔王儉以公主恩尙帝女爲榮何晏兼關內侯是亦晉朝歸美公主禮承於訓孝自於心霜露之感形於顏色享祀之數缺於灑掃嘗戚然謂左右曰自我之西歲陽載紀彼都之外道理遐絕聖慈有蓬萊之深異縣有松櫝之阻思欲輕舉安得黃鵠未議巡豫徒瞻白雲望關塞之風烟尋常涕泗懷伊川之陵谷恐懼遷移於是下教邑司爰度碑版甫忝鄭莊之賓客遊竇主之園林以白頭之嵇阮豈獨步於

崔蔡而野老何知斯文見託公子泛愛壯心未已不論官閥游夏入文學之科兼叙哀傷顏謝有后妃之誄銘曰

積氣之清積陰之靈漢曲廻月高堂麗星驚濤洶洶過雨冥冥洗滌蒼翠誕生娉婷其一婉彼柔惠迥然開爽綢繆之故昔在明兩恩渥未渝康哉大往展如之媛孰與爭長其二珩珮是加翬褕克備先德後色累功居位壼儀孔修宮教咸遂王于輿飾禮亦尊異其三小

苑春深離宮夜遍花間度月同輦未歸池畔臨風焚香不息嗚呼變化惠好終極其四馮相視祲太史書氛藏舟晦色逝水寒文翠幄成彩金鑪罷燻燕趙一馬瀟湘片雲其五恍惚餘跡蒼茫具美王子國除匪他之恥公主愁思永懷于彼日居月諸邱隴荆杞其六巖巖禹鑿瀰瀰伊川列樹拱矣豐碑缺然爰謀述作歘就雕鐫金石照地蛟龍下天其七少室東立轘垣西走佛寺在前宮橋在後維山有麓與碑不朽維水有源與

詞永久其八

唐故萬年縣君京兆杜氏墓誌

甫以世之錄行跡示將來者多矣大抵家人賄賂詞客阿諛眞僞百端波瀾一撥夫載筆光芒於金石作程通達於神明立德不孤揚名歸實可以發皇內則標格女史竊見於萬年縣君得之矣其先系統於伊祁分姓於唐杜吾祖也我知之遠自周室迄於聖代傳之以仁義禮智信列之以公侯伯子男春秋傳云

穆叔謂之世祿其在茲乎曾祖某隋河內郡司功獲嘉縣令王父某皇監察御史洛州鞏縣令前朝咸以士林取貴宰邑成名考某修文館學士尚書膳部員外郎天下之人謂之才子兄升國史有傳縉紳之士詠爲孝童故美玉多出於崑山明珠必傳於江海益縣君受中和之氣成肅雍之德其來尚矣作配君子實惟好仇河東裴君諱榮期見任濟王府錄事參軍入在淸通同行領袖素髮相敬朱紱有光縣君旣早

習于家風以陰教爲已任執婦道而純一與禮法而始終可得聞也昔舅殁姑老承順顔色侍歴年之寢疾力不暇於須臾苟便於人皆在於手淚積而形骸奪氣憂深而巾櫛生塵尊卑之道然固出自於天性孝養哀送名流稱仰允所謂能循法度則可以承先祖供給祭祀矣維其矜莊門戶節制差服功成則運有若四時物或猶乖匪踰終日黼畫組就之事割烹煎和之宜規矩數及於親姻脫落頗盈於歲序若其

先人後已上下敦睦懸磬知歸揖讓惟久在嫂叔則有謝氏光小郎之才於娣姒則有鍾琰洽介婦之德周給不礙於親疎泛愛無擇於貴賤至於星霜伏臘軒騎歸寧慈母每謂於飛來幼童亦生乎感悅加以詩書潤業導誘爲心過悔吝於未萌驗是非於往事內則致諸子於無過之地外則使他人見賢而思齊爰自十載已還默契一承之理絕葷血於禪味混出處於度門喻後之文字不遺開卷而音義皆達母儀

用事家相遵行矣至於膳食滑甘之美紩結縫線之難展轉忽微欲參謀而縣解指麾補合猶取則於垂成其積行累功不爲薰修所住著有如此者靈山鎮地長吐烟雲德水連天自浮星象則其看心定惠豈近於揚搉者哉越天寶元年某月八日終堂于東京仁風里春秋若干示諸生滅相越六月二十九日遷殯于河南縣平樂鄉之原禮也嗚呼哀哉琴瑟罷聲蘋蘩晦色骨肉號兮天地感中外痛兮鬼神惻有長

子曰朝列次朝英北海郡壽光尉次朝收女長適獨孤氏次閻氏皆稟自胎教成於妙年厥初寢疾也唯長子長女在側英收或以遊以宦莫獲同曾氏之元申號而不哭傷斷鄰里愍哉少女未始聞哀又足酸鼻嗚呼縣君有語曰可以褐衣斂吾起塔而葬裴公自以從大夫之後成縣君之榮愛禮實深遺意蓋闕但褐衣在斂而幽塔爰封其所斂飾咸遵儉素眷兹邑號未降天書各有司存成之不日嗚呼哀哉有兄

子曰甫制服於斯紀德於斯刻石於斯或曰豈孝童之猶子歟奚孝義之勤若此甫泣而對曰非敢當是也亦爲報也甫昔臥病於我諸姑姑之子又病間女巫至曰處楹之東南隅者吉姑遂易子之地以安我我是用存而姑之子卒後乃知知於走使甫嘗有說於人客將出涕感者久之相與定謚曰義君子以爲魯義姑者遇暴客於郊抱其所攜棄其所抱以割私愛縣君有焉是以舉茲一隅昭彼百行銘而不韻蓋

情至無文其詞曰

嗚呼有唐義姑京兆杜氏之墓

唐故范陽太君盧氏墓誌

五代祖柔隋吏部尚書容城侯大父元懿是渭南尉父元哲是廬州慎縣丞維天寶三載五月五日故修文館學士著作郎京兆杜府君諱某之繼室范陽縣太君盧氏卒於陳留郡之私第春秋六十有九嗚呼以其載八月旬有一日發引歸葬於河南之偃師以

是月三十日庚申將入著作之大塋在縣首陽之東原我太君用甲之穴禮也墳南去大道百二十步奇三尺北去首陽山二里凡塗車芻靈設熬置銘之名物加庶人一等蓋遵儉素之遺意塋內西北去府君墓二十四步則壬甲可知矣遺奠之祭畢一二家相進曰斯至止將欲啓府君之墓門安靈櫬於其右豈廞飾未具時不練歟前夫人薛氏之合葬也初太君令之諸子受之流俗難之太君易之今茲順壬取甲

又遺意焉嗚呼孝哉孤子登號如嬰兒視無人色且左右僕妾洎厮役之賤皆蓬首慽心嗚呼流涕寧或一哀所感片善不忘而已哉實惟太君積德以常臨下以恕如地之厚縱天之和運陰教之名數秉女儀之標格嗚呼得非太公之後必齊之姜乎薛氏所生子適曰某故朝議大夫兖州司馬次曰升幼卒報復父讐國史有傳次曰專歷開封尉先是不祿息女長適鉅鹿魏上瑜蜀縣丞次適河東裴榮期濟王府錄

事次適范陽盧正均平陽郡司倉參軍嗚呼三家之女又皆前卒而某等夙遭內艱有長自太君之手者至於婚姻之禮則盡是太君主之慈恩穆如人或不知者咸以爲盧氏之腹生也然則某等亦不無平津孝謹之名於當世矣登卽太君所生前任武康尉二女曰適京兆王佑任硤石尉曰適會稽賀撝卒常熟主簿其往也旣哭成位有若冢婦同郡盧氏介婦滎陽鄭氏鉅鹿魏氏京兆王氏女適諸孫子三十人內

宗外宗寢以疎闊者或元纁玉帛自他至若以爲杜氏之葬近於禮而可觀而家人亦不敢以時繼年式志之金石銘曰

太君之子朝儀所尊貴因長子澤就私門亳邑之都終天之地享年不永殁而猶視

祭遠祖當陽君文

維開元二十九年歲次辛巳月日十三葉孫甫謹以寒食之奠敢昭告于先祖晉駙馬都尉鎮南大將軍

當陽成侯之靈初陶唐出自伊祁聖人之後世食舊德降及武庫應乎虬精恭聞淵深罕得窺測勇功是立智名克彰繕甲江陵祲清東吳建侯于荆邦于南土河水活活造舟爲梁洪濤莽汜未始騰毒春秋主解褒隸躬親嗚呼筆跡流宕何人蒼蒼孤墳獨出高項靜思骨肉悲憤心胷峻極于天神有所降不毛之地儉乃孔昭取象邢山全模祭仲多藏之誡焯序前文小子築室首陽之下不敢忘本不敢違仁庶刻豐

石樹此大道論次昭穆載揚顯號于以釆蘩于彼中園誰其尸之有齊列孫嗚呼敢告茲辰以氶薄祭尚饗

祭外祖祖母文

維年月日外孫滎陽鄭宏之京兆杜甫謹以寒食庶羞之奠敢昭告于外王父母之靈嗚呼外氏當房祭祀無主伯道何罪元陽誰撫緬惟夙昔追思艱窶當太后秉柄內宗如縷紀國則夫人之門舒國則府君

之外父聿以生居貴戚釁結狂豎雌伏單棲雄鳴折翮憂心惙惙獨行踽踽悲夫景分飛忽間于鳳皇咄彼讒人有詞異於鸜鵒初我父王之遘禍我母妃之下室深徙殊塗酷吏同律夫人於是布裙屝屨提餉潛出昊天不傭退藏于窑久成凋瘵溘至終畢葢乃事存于義陽之誄名播于燕公之筆嗚呼哀哉宏之等從母昆弟兩家因依弱歲俱苦慈顏永違豈無世親不如所愛豈無舅氏不知所歸誓以偏往測戀光

輝漸漬相昜居諸造微幸遇聖主願發淸機以顯內外何當奮飛洛城之北邙山之曲列樹風烟寒泉珠玉千秋古道王孫去兮不歸三月晴天春草萋兮增綠頃物將牽累事未遂欲使淚流頓盡血下相續者矣捧奠遲廻炯心依屬庶多載之灑掃循玆辰之軌一作軌躅

爲閬州王使君進論巴蜀安危表

臣某言伏自陛下平山東收燕薊洎海隅萬里百姓

感動喜王業再康瘡痏蘇息陛下明聖社稷之靈以
至於此然河南河北貢賦未入江淮轉輸異於曩時
唯獨劍南自用兵已來税斂則殷部領不絶瓊林諸
庫仰給最多是蜀之土地膏腴物産繁富足以供王
命也近者賊臣惡子頻有亂常巴蜀之人横被煩費
猶相勸勉充備百役不敢怨嗟吐蕃今下松維等州
成都已不安矣楊琳師再脅普合顆顆兩川不得相
救百姓騷動未知所裁況臣本州山南所管初置節

度庶事尊創豈暇力及東西兩川矣伏願陛下聽政之餘料巴蜀之理亂審救援之得失定兩川之異同問分管之可否度長計大速以親賢出鎮哀罷人以安反仄犬戎侵軼羣盜窺伺庶可遏矣而三蜀天府也徵取萬計陛下忍坐見其狼狽哉不即爲之臣竊恐蠻夷得恣屠割耳實爲陛下有所痛惜必以親王委之節鉞此古之維城盤石之義明矣陛下何疑哉在近擇親賢加以醇厚明哲之老爲之師傅則萬無

覆敗之跡又何疑焉其次付重臣舊德智略經久舉事允愜不隕穫于蒼黃之際臨危制變之明者觀其樹勳庸於當時扶泥塗於已墜整頓理體竭露臣節必見方面小康也今梁州既置節度與成都足以久遠相應矣東川更分管數州於內幕府取給破弊滋甚若兵馬悉付西川梁州益坦爲聲援是重斂之下免至多門西南之人有活望矣必以戰伐未息勢資多軍應須遣朝廷任使舊人授之使節留後之寄綿

歷歳時非所以塞衆望也臣於所守封界連接梓州
正可爲成都東鄙其中別作法度亦不足成要害哉
徒擾人矣伏惟明主裁之又天下徵收赦文減省軍
用外諸色雜賦名目伏願損之又損之劍南諸州亦
困而復振矣將相之任內外變遷西川分壼以仗賢
俊愚臣特望以親王總戎者意在根固流長國家萬
代之利也敢輕易而言次請慎擇重臣亦願任使舊
人鎮撫不缺借如犬戎俶擾臣素知之臣之兄承訓

自沒蕃已來長望生還僞親信于贊普探其深意意者報復摩彌青海之役決矣同謀誓衆於前後沒落之徒曲成翻動陰合應接積有歲時每漢使回蕃使至帛書隱語累嘗懇論臣皆封進上聞屢達臣兄承訓憂國家緣邊之急願亦勤矣況臣本隨兄在蜀向二十年兄既辱身蠻夷相見無日臣比未忍離蜀者望兄消息時通所以戮力邊隅累踐班秩補拙之分淺待罪之日深蜀之安危敢竭聞見臣子之義貴有

所盡於君親愚臣迂闊之說萬一少裨聖慮遠人之福也愚臣之幸也昨竊聞諸道路出吐蕃已來草竊岐隴逼近咸陽似是之間憂憤隕廹益增尸祿寄重之懼寤寐報効之懇謹冒死具巴蜀成敗形勢奉表以聞

杜工部集卷二十終